ベリーズ文庫

鉄仮面CEOの溺愛は待ったなし！

～"妻業"始めたはずが、旦那様が甘やかし過剰です～

にしのムラサキ

STARTS
スターツ出版株式会社

目次

鉄仮面CEOの溺愛は待ったなし!
〜〝妻業〟始めたはずが、旦那様が甘やかし過剰です〜
【プロローグ】…… 6
【一章】推しと結婚ってアリですか(side心春)…… 13
【二章】俺の秘書はかわいい(side玲司)…… 91
【三章】推しと新婚生活(side心春)…… 125
【四章】幸せにしたい(side玲司)…… 177
【五章】蕩けるような桜色の下で(side心春)…… 191
【エピローグ】…… 303
特別書き下ろし番外編
未来…… 310
あとがき…… 324

鉄仮面CEOの溺愛は待ったなし！
～"妻業"始めたはずが、旦那様が甘やかし過剰です～

【プロローグ】

辞書で〝クール〟と引けば、きっと〝本城玲司《ほんじょうれいじ》を表す言葉〟と書いてある。

それくらい、人は彼、本城社長のことを冷淡だと言う。冷静すぎて表情が動かない彼のことを、裏で〝鉄仮面《てっかめん》〟なんてあだ名で呼んでいるのを聞いたことも——。ちなみに鉄仮面の男とは、十七世紀のフランスに実在した、常に仮面を被った人物のことらしい。

『ルイ十四世の双生児だとも言われているな。表情を出さない俺への皮肉だろう』

自分が噂《うわさ》されているというのに、端的にそう説明してくれる本城社長の整った眉目はぴくりとも動かない。かえってほれぼれしてしまう、実に冷淡な反応だった。聞かれたのを知った人たちのほうが、よほど顔色を赤くしたり青くしたり、しまいには土気色にして社長に謝罪していた。それに対して、社長は淡々と『構いません』とだけ返事を返した。多分、本当に気になっていない。そして私、森下心春《もりしたこはる》は彼の第一秘書である。

そんな私の、

「経産省の担当官との折衝ですが、やや難航しているようです。できれば社長にお話を伺いたいとのことでしたので、わたくしの方でスケジュールの調整をしてもよろしいでしょうか」

に対して、本城社長からは、

「任せる」

のひとことが返ってくる。そこにある確かな信頼に、私の心臓は打ち震えた。

なにしろ私は本城社長を心の底から尊敬しているので。

本城社長は社長室の重厚なデスクでタブレットに触れた。

「米商務省の半導体戦略の件だったな」

「はい。次回の産業戦略会議に向けて素案をとのことで」

今現在、日本において〝産業のコメ〟とも言われている半導体産業。その先頭を引っ張っているのが、国内どころか世界有数の半導体メーカーの若きCEOである本城社長なのだ。国と民間で行われている産業開発会議でも、本城社長は海千山千の歴々のお偉方と肩を並べ……いや、それどころか彼らをも引っ張っていると言っても過言ではない。

すごい人なのだ。

そんな彼の秘書をできていることに、私は心から誇りを抱いている。

「そういえば、前回の会議での資料。あれはよかったな。君の発案だろ？」

そう言われて目を瞬く。私は縁の下の力持ちなのだ。正面切って褒められる立場でなくて構わない。

私の視線の先で、本城社長がほんの微かに目を細めた。仕事中は完璧なる鉄仮面な彼の、最大限の笑顔だった。スリーピースのスーツをびしっと着こなし、怜悧《れいり》な、けれど彼にしては穏やかな瞳を向けている社長に、私は失神しそうになりながら、なんとか微笑みを返す。本城社長は、百人いたらその全員が彼の美貌を認めざるをえない、そんな容姿をしていた。

そんな彼は、信じられないことについ先日結婚式を挙げた、私の夫でもあった。

まあもっとも、夫婦とはいえ、本城社長が私に恋愛感情を抱いているというわけではない。私が彼に深い尊敬の念しか抱いていないように。

私たち夫婦は、恋愛感情で繋《つな》がっているわけではない。

私は単純に、彼にとって利用価値が高かった。妻とするのに都合がよかったのだ。

そして私は、尊敬する本城社長のお役に立てることが嬉《うれ》しかった。

ただ、それだけ。

そのはずなのに、胸にあるこの甘い痛みはなんなのだろう？

ふと、数日前のことを思い出す。結婚式を挙げたスロヴェニアのホテルで、彼は私に触れた。君はかわいいと、そう何度も繰り返して——。

甘い甘い、とろとろの砂糖水の中にいるみたいな、そんな時間だった。


『心春、かわいい。ほら顔を見せて』

ふたりきりでいるとき、社長は——玲司さんは、どうしてかそんなふうに、甘い声で私をを呼ぶ。

会社で仕事中の彼からは、こんなふうな甘い声を聞いたことがない。

クール、冷徹、怜悧、鉄仮面。有能すぎて人の気持ちがわからない。

これらは全て、彼が向けられてきた言葉だ。

なのに、ふたりきりになった途端、彼は私に甘すぎる一面を見せてくる。

ちゅ、と汗ばむ額にキスが落ちてきた。見上げれば、精悍《せいかん》なまなざしが柔らかく細められる。同時に唇に深くキスを落とされた。

触れるだけじゃない、淫《みだ》らなキスだ。

そのままベッドに押し倒される。角度を変えて何度も与えられる口づけに、頭の芯がぼうっとしびれてくる。

『も、だめ……』

キスの合間、快楽から逃げようとした身体を、玲司さんは簡単に押さえつける。

『こら、わがままを言うな』

『はあっ、わがままなんかじゃ……っ』

そう言って抵抗する私に、彼は飽きずにキスを何度も繰り返す。そうして唇の皮を触れ合わせたまま、甘く低い声で言う。

『俺はね、心春。君の素直な気持ちが知りたい』

『気持ち……？』

キスのたびに白んでいく意識で、必死に問い返す。玲司さんは笑った。

気持ち。気持ち？　そんなの決まってる。

『尊敬してます』

『それから？』

『お支えし、たい……んんっ、いつも』

『ほかには？』

『いつも、憧れて』

『……足りない』

そう言って彼は私にむしゃぶりつくようなキスを落とす。口内全部を舐《な》め上げられるような、いつもの彼からは考えられないほど性急で手荒なキス。

なのに、それが気持ちよくて嬉しくて。

彼に求められることが、心臓が打ち震えるほど誇らしくて。

ずっと彼のことを尊敬してきた。仕事人として憧れ、惚《ほ》れ込んできた。

でも、私の中でなにかが育っている。

それだけじゃないなにかが、はっきりと形を作り出している。

『早く、俺に……』

その言葉の続きををはっきりと認識する前に、私の意識は甘い靄《もや》に溶けていく。


「心春?」

ふ、と私を呼ぶ声に、慌てて回想をやめ微笑んだ。

「はい。どうされましたか」

「いや――やはり、まだ疲れているんじゃないか。少し休むか?」

心配げな声と、優しいまなざし。それに、胸がぎゅっと痛む。

教えてください。

私は、どうすればいいのでしょうか。どうすればあなたは満足してくれますか。

そして胸で痛むこのときめきの名前は、一体なんなのでしょうか。

ねえ、教えてください、玲司さん。

玲司さんに結婚を提案されたあの春の日から、私のときめきの意味は変わってしまったように思うのです——。

窓の外は夏の盛り。アスファルトが溶けそうな陽射しが、真っ青な空で輝いていた。

【一章】推しと結婚ってアリですか（side心春）

就活の面接であるあるなこの質問、あらゆる問答集に掲載があるであろうこれ。

『あなたの尊敬する人は誰ですか？』

すでに社会人となって四年が経つ今現在、二十六歳の私が今この質問をされたならば、ノータイムで、なんなら食い気味にこう答えるだろう。

「もちろん、敬愛する本城玲司社長です！」

——と。

勤め先の会議室の大きな嵌め殺しの窓には、春の青空が一面に広がっていた。

その片隅で、私は会議の行方に気を配りつつ、直属の上司にあたる本城玲司社長を舐めるように……もとい、小さな仕草さえ見逃さぬよう見つめていた。

というのも、私は彼の第一秘書。私は社長の要求に、常に全力のパフォーマンスをお返ししたい。

あくまでそのために社長を凝視しているのであって、決してその芸能人並みに……

いや、それ以上に整ったかんばせを心ゆくまで堪能したいとか、そんな邪《よこしま》な下心からではないことはここに明記しておきたい。いいですね、明記してありますからね。ああ、それにしたって本城社長は、今日もお顔が天才だ。神作画……いや作画されてない。されてないけど全人類彼の顔を見てほしい。かっこいいだとか、美しいだとか、そんな言葉だけではとてもじゃないけれど表現できない。……尊い、とかがぴったりなんじゃないだろうか。

それだけじゃない。スタイルだってモデル並みだ。背だって平均的な日本人男性と比べると頭ひとつ分、高い。脚も長い。

「その点は、国内での製造コストの優位性を考慮する必要があるんじゃないか?」

本城社長が、会議室を見渡して口を開く。なんて甘いバリトンだろう。最高です。生きていてよかった。……これも発言を聞き逃さないために耳を澄《す》ませているのであって、決して下心があるわけではないとお伝えしておきたい。ないですよ。ないです。

「もちろん、海外拠点での地域間リスクの分散に関してもデータを出しておきたいが」

私はすぐさま彼のもとに馳せ参じる。気分的には馳せているけれども、私は彼の秘書であるので、あまりにバタバタと落ち着きのないところを見せるわけにはいかない。

よって、自分にできる最高の優雅さで本城社長の手元にそっと書類を差し出すのみだ。渡した書類はリスク分散に関するデータ。すでに調査に着手していたぶんだ。

社長が微かに眉を上げた。「ありがとう」という意味だろう。にっこりと微笑んでもとの位置に戻る。

会議は踊ることなく滞りなく進んでいく。私は脳内で万雷の拍手を彼に送っていた。なんて素晴らしいリーダーシップ。難航するかと思われていた会議も、終わってみれば一時間も経っていない。社長の頭の回転が速く、かつ周りもよく見えているからこそできる芸当だ。

そう、本城社長は今日も尊く、顔がよく、仕事ができて、神が作りたまいし最高傑作なのだ。

会議後、社長執務室にて執務にあたる社長に、私はいつも通りコーヒーを淹《い》れてお持ちした。

「ありがとう」

会議中より、心持ち、頬が緩んでいる気がする。ふふ、と脳内で私も微笑む。尊敬してやまない本城社長に、癒《い》やしのひとときを提供できているのならばそれは私にとってなによりの幸福、いや誉れなのです。

「そういえば、先ほどのデータ。よくまとめられていた」

「社長のご指示あってこそです」

「そんなことはない。いつもなにかと汲んでくれてありがたいと思ってる。ところで――」

社長がなにか言いかけたところで、着信音がした。これは社長の私用スマホのものだ。社長はスマホの画面を見て顔をしかめた。なにやらあまりよくない電話みたいだ。

私は頭を下げ、社長の執務室から退室する。

秘書とはいえ、いや近い場所にいる秘書だからこそ、プライベートへの深入りは厳禁。それが私の信条だ。

ぱたんとドアが閉まったのを確認して、私はひとつ息をつく。

それからもう一度深呼吸して、そして小声で「よっしゃあ」と拳《こぶし》を握る。

「今日も社長に褒められた……っ！」

さっきは〝縁の下の力持ち〟なんて言っておきながらなんだけれど、やっぱり尊敬する人に褒められると素直に嬉しい。その場でぴょんぴょん飛び跳ねるのは我慢しつつ、上機嫌で廊下を歩き秘書室へ向かう。

推しのひとことで、元気が何倍にもなる。誰しもそんな経験はあるはずだ。

小さい頃から、漫画やアニメが好きだった。高校時代の痛すぎる失恋と、二次元への理想化も相まって、成人後も現実の男の人ってなんかなあ～とまで思っていた。そんな私の前に現れた……いや降臨したとしか思えないのが、本城社長だ。とにかく社長の容姿だけでなく人柄、仕事への態度、努力家な一面といった素晴らしさに触れるにつれ、私は社長を生涯の推しと決めたのだ。

もちろん来世も全力で推す所存です。


昼休み。

「浦田《うら た》さん、見ましたか？　今日の社長のネクタイ」

私は会社近くのカフェのランチセットをスマホのカメラに収めながら、向かいの席で先にランチを食べ始めている浦田さんに話しかけた。三歳年上の、頼りがいのある女性だ。以前いた営業部でお世話になり、私が秘書課に異動後もときおりこうしてランチなどに誘ってくれる。

浦田さんは苦笑して「社長は見たけど」と肩をすくめた。

「ネクタイまでは見てないかな」

「普段は寒色系が多い本城社長が、今日はなんと赤系なんです。普段お召しのお色味も神が御手ずから造形されたとしか思えない完璧なかんばせによくお似合いなのですが、赤！　赤ですよ情熱の赤。こちらももちろんお似合いです。ですが」

私はフォークを片手に力説する。

「いいですか。社長がこのお色味のネクタイをするときは、なにか勝負事があるんですよ」

「勝負事ってなに？　本城社長の第一秘書さん？」

浦田さんは楽しげに軽く目を細める。

「……それがわからないんです」

私は柑橘系の風味が爽やかなサラダを食べ始めながら首を傾げた。

「今日は特になんのご予定もないんです……あえて言うなら定期ミーティングが午後からありますが」

「ほかには？」

「ほかに……？　ああ、夜に夕食を兼ねた簡単なミーティングが」

「誰と？」

「私です。普段のねぎらいも含めてかと思われますが、なんとホテルレストランでのディナーにご招待くださいました」

それも最高級外資系ホテルだ。今からわくわくして胃がきゅっとなる。今ランチしているこのカフェはパンが食べ放題だけれど、あまり食べすぎないようにしないと……。

「それじゃないの」

「どうして私とのミーティングが勝負事なんです」

首を傾げて浦田さんを見る。浦田さんはなんだか残念なものを見る目をした。

「あのさ、心春ちゃん。ちょっと聞いていいかな」

「なんでしょうか。お答えできる範囲でなら——社長の職務やプライベートに関しては機密事項も多いので」

「いや、社長じゃなくて心春ちゃんのこと」

「私の？」

「そう」

浦田さんはとっても大事なことのように、少し声をひそめて聞いてきた。

「心春ちゃんは、社長のことどう思っているの？」

「え？　……神の創りたまいし最高傑作……？」

弱冠二十九歳にして世界的半導体メーカー、ホンジョーエレクトロニクスの最高経営責任者兼社長。その上、身長百八十二センチ、日本人とは思えない脚の長さ、すっきりと着こなすスリーピースのスーツ越しでもわかるスラリと細身で引き締まった体躯《たいく》。そうしてその上、イケメンとひとことで言い表すことができないほど優れた、いや優れまくった容貌。俳優さんですら霞《かす》んでしまうに違いない。

そう一息に説明すると、浦田さんは「それはそうなんだけど」と眉を下げた。

「そうじゃなくてえ……」

「はっ。失礼しました。内面的なお話でしたね。米国留学し飛び級で卒業されたお話でしたか。経営学修士も取得され、日英仏の三か国語が堪能。確かに本城社長は一見クールですし冷徹な一面もあります。どころか、冷淡冷血漢、鉄仮面などと一部で噂されているのも知っています。しかし実はうちに熱意を秘めた情熱的なお人柄。私はこの事実を多くの人に知っていただきたいと思っているのです」

なにしろ推しなので。そう締めた私に、浦田さんはじれたように唇を尖《とが》らせる。

「そうじゃなくて。好きなの？」

「え？　もちろんお慕いしています。この森下心春、生涯社長をお支えする所存です」

「慕う……っていうのは恋愛的なラブなのかな？」

にっこりと微笑む浦田さんに首を振る。

「いいえ？」

「っ、ち、違うの？」

「ラブなんて言葉ではとてもお伝えできません。尊敬、敬愛、敬慕……といったところでしょうか」

「もう一回確認するね。そこに恋愛感情は？」

「あはは！　言うまでもありません」

私が笑うと、浦田さんは少しホッとした顔をする。

「そ、そうよね。それだけ慕っているんだもの、男性としても……」

「浦田さん。言うまでもない、というのはそんなわけがないという意味です」

「……え」

「まさか、そんな、畏《おそ》れ多い。私程度のざっそ……平民が本城社長にそのような感情を向けるだなんて、私ごときが女性として見られたいだなんて、そんなこと身のほど知らずも甚《はなは》だしい」

「今雑草って言った？」

浦田さんは軽く眉を寄せた。

「少し自分のこと卑下しすぎじゃない？　あなたかわいいし、それに実際……」

「いいえ浦田さん、私は私が雑草であることに誇りを抱いています。社長という大樹を地面でお支えし枯れたのちは養分となることに矜持《きょうじ》を抱いているのです」

ぽかんとする浦田さんに胸を張り、にっこりと微笑んだ。

「なにしろ雑草は強いのですから！」

◇◇◇

私が本城玲司社長にかくも敬愛を抱いたのにはきっかけがある。

最初の出会いは就職活動での最終面接だった。御曹司とはいえ修行中でまだ営業部門の部長だった本城社長は、整いすぎたかんばせにクールな視線でまだ学生だった私を震え上がらせた。完璧すぎる容貌は、ときに人に畏怖を抱かせるのだと知った。

二度目に社長を目にしたのは、入社式での挨拶だった。彼が壇上に上がると、それだけでがらりと空気が変わった。人の目と注目を自然と集めるカリスマ性が、そこにあった。

面接時と違って、十分に距離があったせいだろう。私は本城社長の——当時は副社長に就任されたばかりだったけれど――かんばせをまじまじと観察してしまう。怜悧で一見感情がないように見えるそこに、私たち新入社員に対する激励と気遣いが見え隠れした。ふと、ああこの人、人間なんだなあと納得した。それも、とびきり優しい人なんだ。周りにはっきりと見せていないだけで……。

耳に入ってくる心地のよい低音の声も、なんだか胸をざわめかせた。といっても嫌な感じではない。明確なときめきに戸惑う。現実の男性をこんなふうにかっこいいと思う日がくるだなんて。

その後、彼がいかに努力をして今の地位に就いたかを小耳に挟むにつれ、単純な〝あの人かっこいい〞という感情が徐々に尊敬へと塗り替わっていった。すごい人の下で働けているんだな、私……って。

三度目の邂逅《かいこう》は、私がこの会社を辞めようとしたときのことだった。

当時営業部の営業アシスタントとして勤務していた私は、入社二年目にして光栄なことにアシスタントとしての能力を買われ、営業部のエースと呼ばれるたいそう社内の女性人気を集めていた男性社員と組むことになったのだ。

そもそも私が自分でも縁の下の力持ち、いわゆる〝アシスタント〞に向いていると気が付いたのは、高校時代のこと。高校二年生の夏、陸上の短距離選手だった私はインターハイ直前に大怪我をしてしまった。放課後、学校の階段から落ちてしまったのだ。

落ちる直前、……誰かとぶつかった気がする。見覚えのある背中ではあったけれど、はっきり顔を見たわけでもないため、そのままうやむやになってしまった。ただ、その挫折は私にとって大きな転機だった。

選手としては続けられない怪我を負ってしまったけれど、陸上競技自体は好きだった私はマネージャーとして部に復帰した。

そうしてその仕事が、誰かを支えるという仕事が、ものすごくしっくりくるのに気が付いたのだ。私は〝こっち〟の人間なのだと知った。手術をしてリハビリをするという話もあった。けれど、それよりもマネージャーとしてみんなを支えていきたいと思ったのだ。大学でも陸上部のマネージャーとして過ごし、就職活動で営業アシスタントという職種を知り、これだ！と思ったら無事採用された。

エースである藤木《ふじき》さんのアシスタントになった当初はよかった。成績がさらに上がった藤木さんも『君と組めてよかった』と感謝してくれたし、仕事もやりがいがあって……ただ、藤木さんに振られたという女性職員とそのお友達の皆様から、もうびっくりするくらいの嫌がらせを受け始めた。報連相がスムーズにいかなくなり、ランチをはぶられ、私物がなくなり、それどころか大事な書類をシュレッダーされ……。

それでもなんとか仕事を続けられたのは、『負けてたまるか』という雑草魂と、育休から復帰した浦田さんの存在があったからだ。

なにかにつけて庇《かば》ってくれた彼女だけれど、さすがに上司からは庇いきれない。ちょうどその頃、営業部の課長から『課内でトラブルを起こしているから』と何度かヒアリングされた。最初はこれでなんとかなるのではと思っていたのだけれど、私のなにがよかったのか、課長に不倫を迫られた。その場で断ったところ、意趣返しのようにパワハラとセクハラが繰り返されるようになった。

いかな雑草を自負する私でも、耐えきれなくなった――矢先に、私は副社長室に呼び出された。てっきり私は、課長があることないこと報告し、その叱責のために呼ばれたのだと勘違いし、なんなら退職を勧められるのだろうとの覚悟で副社長室に向かった。

当時の副社長は、なにを隠そう本城玲司現社長、その人だ。

『今回のことに関しては気が付けなかった俺にも責任がある。すまなかった』

そう言って本城社長は――当時は副社長だったのだけれど――頭を深々と下げてく

れた。その横で課長と、私に嫌がらせをしていた女性の先輩が真っ青を通り越して真っ白な顔色で、土下座せんばかりの勢いで私に頭を下げてきた。

このふたりは、この直後に懲戒処分となったらしい。課長が派手に動きすぎたために副社長の耳にまで届いたのだろう、と課長たちの顛末をどこか他人事のように感じながら思った。ふたりがいなくなることにホッとはしたけれど、ざまあみろとまではどうしてか思えなかった。そういうところもまた、私は小市民的なんだろう。

とはいえ、再び平穏を取り戻した日常で、私には新しい日課ができた。

本城副社長の観察だ。

私を救ってくれた救世主たる本城副社長を、私は尊敬を通り越し敬愛するようになっていた。一日に一度でいい、なんとか視界に収めたい。眼球が祝福される。そうしていつの日か、必ず恩返しをするのだ。

そんな私に、新しくやってきた大変有能な課長経由で打診があったのだ。『本城副社長の秘書を務める気はないか?』と。私のアシスタントとしての能力を買ってくれたとのことだった。

一も二もなく飛びついた。恩返しのチャンスだった。なにがなんでもお支えし、盛り立てていくのだと、その日、私は固く誓ったのだ。

私個人の幸福より、本城副社長の幸福が優先。本城副社長の意思が最優先。

友人や同僚には盲目的すぎないか、と言われたこともある。けれどそれのどこが悪いのかわからない。

だって本城副社長にはその価値があった。私の人生を捧げて余りある人だと、私はすっかり理解していた。いわば、推し。推しに人生を捧げられる、これより幸せなことってある？

ないでしょ。

◇◇◇

ランチから秘書室へ戻ってすぐ、会長秘書の香椎《かしい》さんから声をかけられた。四十代の物腰柔らかな女性だ。秘書係長も兼任している彼女は、会社内外からも有能だと評価が高い。

「森下さん、お昼休みにごめんなさい。会長からお話があるそうなんだけど」

会長とは、本城社長のお母様だ。若い頃からすごく有能な方で、現在は他社のＣＥＯ、および数社の社外取締役などで多忙を極めているお父様と一緒にこの会社を盛り立ててきた。

「なんの話なのか教えてもらえてないんだけれど、わかる?」

その言葉にピンときて、こっそり口角を上げた。あの件ですね会長、と内心会長に返事をする。

「社長に関する個人的な案件です」

「ああ、了解」

香椎さんはそう言いながら内線で私が行くことを会長に伝えてくれた。すぐに秘書室を出て、一階上の会長室へ向かう。

「会長、失礼いたします」

会長は重厚なマホガニーのデスクの上でゆったりと手を組み、小さく微笑んだ。とっくに還暦を過ぎたとは思えない、若々しく凛《りん》とした、美しい方だ。

「ごめんなさいね、急に。お昼に出ていたの?」

「はい。社長の提案で、秘書係でシフトを組んで外に食事に行けるよう気を遣ってくださったんです。さすが社長です。部下への気の配り方も完璧。どうしてこの世にはあんなに素晴らしい方が存在するんでしょう……ああ、会長が。会長が産んでくださったから……」

「相変わらず、とてつもない崇敬ぶりね」

会長は肩をすくめ、続けた。

「心酔と言ったほうがいいのかしら。知ってる？　そういうの、とおっても危ないの。千鳥足で一本橋を渡るようなものだわ」

「社長に酔って溺れ死ぬのならば本望です」

「あら、やだ」

会長は大きく相好を崩した。

「そんな大した男じゃないわよ、あの子は」

「な、なにを仰います……!?」

「男なんていくつになっても変わらないの。好きな女性の前で精一杯格好つけているだけなのよ」

「好きな……？」

ぽかんと聞き返した私に、会長は「あら」ととても優美に笑った。

「今のは……そうね、忘れてちょうだい。ところで」

会長はにっこりと笑みを深くした。

「先日の話は覚えているかしら？」

「もちろんでございます」

私は胸を張る。

「本城社長にそろそろ生涯の伴侶《はんりょ》を……と会長からご相談いただきました」

「そう。あの子もね、身を固めたほうが落ち着くのじゃないかしらって」

会長は軽く咳払《せきばら》いし、私をじっと見る。

「あなたなら適任……というか玲司もあの鉄仮面をとろとろにして喜ぶというか」

「……？　後半のお言葉の意味はわかりかねますが」

「そう？」

「適任、と会長に仰っていただいたからにはもちろん気合を入れまして」

「ええ」

「本城社長にふさわしい独身のご令嬢のリストアップを着々と進めている最中でございます」

「なんでやねん」

会長が壊れた……ようでそうじゃない。会長のご出身は神戸《こうべ》なので、ときどきこのように関西弁が出てしまうのだ。

「なんでやねん……！」

二回も突っ込まれてしまった。

「しゃ、社長のお見合いの相手はご令嬢ではないのですか……ということはバリキャリ系の女性をお相手にと……⁉　くっ、この不肖森下、会長からのご指示をはき違えておりました……！　す、すぐにリストを見直し――」

「そうじゃないの」

会長はもはや椅子から立ち上がり、早足で机を回り込んだ。それから少し深呼吸をして、咳払いをする。

「……ごめんなさい、取り乱しました」

「いえ、わたくしの不手際のせいですので……っ」

「あのね、森下さん。いえ心春さん」

なぜだか下の名前を呼び、会長は続けた。

「あたくし先日、あなたになんとお話ししました？」

「もちろん一言一句違《たが》わず記憶しております。『森下さん、玲司もそろそろ身を固めたほうがいいと思うの。ビジネス面でもあなたに支えてもらっているし、プライベートでも支えてくれたら……んんっ、じゃなくて、いい奥さんがいてくれたらなって……どう？』」

それで私は張り切って社長の奥様候補をリストアップし始めたのだ。各界のご令嬢で、社長にふさわしいと思える素晴らしい方々を……。あとはお見合いの打診をすればよいところまでもっていっていたのに。

「遠回しに言いすぎたわね」

「うう、申し訳ございません会長……この愚鈍な森下めにもわかるよう、簡潔にご指示くださいませんでしょうか」

「愚鈍だなんて。あなたほど気が利く秘書ってそうそういないわ。欠点としては自分を卑下しすぎているところね。あらゆることに自分を含めていないというか」

「会長、なんとお優しいお言葉……」

「んー！　もどかしいっ。もどかしすぎて、後押しするつもりだったの。……だって見ていたらすぐわかっちゃったもの。あたしだけじゃないわ、みんなすぐに気が付いたの」

私は曖昧《あいまい》に頷《うなず》く。一体なにについて〝わかった〟というのだろうか。

「でも絶対に本人に言うなと念押しされているから……ああもう」

会長は応接セットのソファに座り、「まあいいわ」とふっと気を抜いて笑った。

「どうせ今日言うらしいから」

「なにをです……？　あ、まさか社長、すでにお心に決めた方がっ」

　つまり、その方についてきちんとサポートするなりなんなりしろ、というご指示だったということか！

「そうよー。だからリストはなし。今すぐに破棄」

　かしこまりました、と頭を下げて会長室を出た。

　スキップしたい気分だった。尊敬する本城社長に素敵な奥様ができる日も、そう遠くはない！


　……といった、お昼のことを少し思い返しながら、私は意識を半分飛ばしていた。

　そうしないと目の前にいる男性をひっぱたいてしまいそうだったからだ。

「秘書さん、ええと……森下心春さんかあ。なんていうの、こういう若い子の名前の読ませ方。心で〝こ〟なんて読まないでしょ」

「そうですね、ただわたくし以外でもお会いしたことがございますので、名前用の読み方なんでしょうか」

　ビジネス用の笑顔を張り付けて、私は名刺を眺める花田《はなだ》専務に言葉を返した。

　今頃は、本来なら本城社長について定例会議をしていたはずだ。それが、急に取引先である某大手メガバンクの専務が訪ねてきたのだ。

五十代後半で恰幅《かっぷく》のいい花田専務は、まだ年若い本城社長を小馬鹿にしているのが透けていて、前々から苦手だった。今日だってそうだ、アポもなく急にやってくるなんて失礼すぎる。

だけれどビジネス上、必要なお付き合いのある銀行さんだ。無下にもできず、とりあえず会議が終わるまで応接室で私と秘書係長である香椎さんが応対することになったのだった。

上座に座っていただき、対面のソファに失礼して資料の説明を行う。香椎さんが急な電話で席を外してしまったため、しばらくはふたりきりだ。

「うーん。ここの資料、読みにくいな。ちょっと森下さん頼める？　老眼でね、申し訳ない」

「さようですか。失礼いたしました」

私は謝罪し、応接セットのローテーブルにあった資料に手を伸ばす。すると「ああ、よければ」と花田専務は笑った。

「横に来てくれないか？　近いほうがなにかとわかりやすいだろう？」

「は……かしこまりました」

そんなわけないじゃん。セクハラじゃん。そう思いはするものの、しぶしぶ花田専務の横に座り、資料を指さし読み上げながら説明を続ける。

じりじりと花田専務が身体を近づけてくるので、私もゆっくりこっそり横にずれる。

しかしあからさまにはできず、しまいにぴったりくっつかれてしまった。

なんだか湿り気のある体温がすぐそばにある。……最悪だ。

「っ、で、ですので決算の時期に」

「心春ちゃんさあ」

花田専務がねっとりとした声で私を下の名前で呼んだ。さっき馬鹿にしたばっかりの、私の名前。叫びたくなるのを我慢しながら専務を見上げると、彼はねばついた視線を私によこす。

ぞっとして喉が詰まる。以前、社内で課長にセクハラされていたときにもしょっちゅう浴びせられていた視線だ。泣きそうになるのをぐっと我慢する。

「いつから本城社長の秘書なんだっけ」

「三年前です」

「ふうん。嫌じゃない？」

そう言いながら、あろうことか花田専務は私の肩に手を置いた。ひ、と悲鳴を呑《の》み込む。この動き、間違いなく慣れてる。最悪だ。

「い、嫌とは……どういう意味でしょう」

「あんな、御曹司って立場だけで社長になるような甘ちゃんの若造と仕事しててイライラしない？っていう意味だよ」

私は耳を疑い、目を見開いて花田専務を見た。

「確かに顔はいいけど、さあ、……心春ちゃん、スタイルいいよね。年上の男と遊んでみたことある？」

「は……そのあたり不勉強でして」

内心ギリギリと歯噛《はが》みしながら波風立たないような返答を心がける。社長を馬鹿にされたことは許せない。でも私が感情的になることで、社長に迷惑がかかってしまっては……。

「そうなの。教えてあげようか。手取り足取り、なんてね。はっはっは」

そう言って私の肩をねっとりと撫《な》でる。私は、出かかる悲鳴を必死に呑み込んだ。

「あんな若造にはできないこと、してあげるよ？」

また社長を若造呼ばわり！　きゅっと唇を噛み、話を逸《そ》らそうと書類を指さす。

「そういえば、こちらの件……」

「心春ちゃん、少し僕と話そうよ。せっかくふたりきりなんだし」

「……職務中ですので」

にこりと笑う。本当はよくない対応なのかもしれない。でも現状、私ができる唯一の対応だった。花田専務は肩を揺らして笑った。

「お堅いなあ、この秘書さんは。どうせ社長とはこのへんでやってるんだろ」

「……なにをです?」

首を傾げる私に、専務は「まただあ」と手を振った。

「君みたいな若くてかわいい子を秘書にするなんて、目的はひとつだけだろ」

「……は?」

「愛人なんだろう? 君。本城社長の」

さすがに頭が真っ白になる。一体、なにを言っているの、この人は……!

「ま、あれだけ顔が整っていたらな。一体、何人愛人抱えているんだか。それに、仕事もあの顔で取ってるんじゃないのか? 官僚や政治家とも付き合いがあるとか聞くけれど。まあ、男だってあの顔に迫られれば、コロっといくやつはいくだろうよ」

ひゅっと息を吸った。信じられない誹謗《ひぼう》に、この人の思考がどうなっているのか理解すらしたくない。社長が、どうやって仕事を取ってきているって?

呆然《ぼうぜん》とする私の肩を相変わらず撫で回しながら花田専務は続けた。

「そうやって仕事取ってきているだけで、本当はどうせ大して仕事もできないんでしょ？　将来期待できないよ、あんな甘ちゃんの若造は。いいねえ、親の七光りと顔だけで仕事するふりして金もらえて。ああ、心底羨《うらや》ましい」

今、この人、社長を……なんて言った？

御曹司ってだけで？　仕事もできない？　甘ちゃんの若造？　七光り……？

「こおんなかわいい秘書まで近くに置いてさ。七光りの苦労知らずのお坊ちゃん」

ニチャアと笑った花田専務の視線は私の胸と足を往復している。

ぷちん、となにかが切れる音がした。

私は思い切り睨《にら》みつけ、小さく、けれど低くはっきりと告げる。

「撤回してください」

「――は？」

私は身をよじり立ち上がり、専務を見下ろし言葉を続けた。

「しゃ、社長は……うちの本城は！　七光りどころか、御曹司という立場に甘えたことなど一度もございません！」

花田専務はぽかんとしている。その口に書類を丸めて突っ込んでやりたくなるけど我慢した。この人は取引先の人、私だけの問題じゃない……でも看過できない。

敬愛する本城社長を虚仮《こけ》にされて、笑顔で頷いてなんていられない。

「撤回してくだされば、専務がわたくしに行ったセクハラ行為に関しては他言いたしません」

「な、ななな」

花田専務はどっと顔に汗をかき頬を紅潮させた。セクハラの自覚はあったようだ。

「なにを言い出すんだね。証拠なんか……」

「最初に申し上げた通り、のちに本城と説明内容を共有するため、録音だけはしております。専務に横に座るよう強要されたと証言いたします。遊ばないかと誘われたとも」

私が小型の録音機器をローテーブルから持ち上げると、どうやら性欲でそんなことすっかり忘れていたらしい専務はさっと立ち上がりこちらに向かって手を差し出す。

「それをこっちによこしなさい」

余裕ぶった話し方が癇《かん》に障る。

「嫌です。先に撤回をしてください。本城は」

私は声に涙が滲《にじ》むのを自覚しながら唇を動かす。

「本城は、世界一努力しています。御曹司という立場に満足するような人ではありません。誰より頑張って、会社のため、社員のため、お客様のために身を粉《こ》にして働いています。結果を出して、出して、それでも現状に満足せず前に進み続けている人です」

怒りで、私がされたセクハラに関して半分意識から飛んでいた。ただひたすらに、この世で一番尊敬する人を愚弄《ぐろう》されたことだけが頭の中でぐるぐると回っている。

私はぐっと録音機器を手に握りしめ、ひとつ息を吸って専務をじっと見る。

「撤回、して、ください」

一言一句漏らさず強調して言った言葉を無視し、専務は真っ赤な顔のまま私の腕を掴《つか》み上げた。

「い、たい……放してください」

怖くてうまく声が出ない。

「優しくしてやればつけ上がりやがって、このアマ！　黙ってオレの言うこと聞いてりゃ……いてててて！」

目の前で花田専務が身をよじる。何事かと目を丸くする私の背後から、絶対零度よりもずっと冷たい、低い声が聞こえた。

「花田専務。うちの秘書になにを？」

ぱっと振り向く。冷え冷えとした表情を浮かべた本城社長が、花田専務の手首を強く握っていた。

「い、いやなにも……その」

しどろもどろになっている花田専務の前髪が、汗でべっとりとくっついている。冷や汗だろう──それほどまでに、本城社長の冷たいオーラには圧倒されてしまう。

「〝黙って言うことを聞いておけば〟？　──森下になにをしようとしたのですか。お答えください」

淡々とした、丁寧な口調がかえって凄みを醸し出していた。圧倒されて二の句が継げない専務の手を、やや乱雑に本城社長は放した。

「森下の持っているこれは渡せませんが──これならば」

そう言って社長はジャケットのポケットからＵＳＢメモリを取り出した。

「これならば、差し上げましょう」

「な、なんだ？　これは」

不思議そうな専務に、本城社長は笑う。綺麗《きれい》すぎて凄みのある笑顔だった。

「あなたの横領のデータですよ。正確にはそのコピー」

「そうか、横領の……横領⁉」

専務が目を剥《む》く。本城社長は彼を見下ろし、冴《さ》え冴《ざ》えとした目線で続ける。

「そうですよ。いろいろとタレコミをいただきましてね、私も一枚噛ませていただきました。……今頃同じデータが検察に提出されているはずです」

ひぃ、とかうわあ、みたいな唸《うな》り声をあげ専務は慌てて応接室を飛び出していった。それを目線で追いながら、私はへなへなと座り込む。

「っ、森下」

本城社長が慌てて私を支え、ソファに座らせてくれた。そうして自分は片膝立ちで床に座り、心配そうに私の顔を覗《のぞ》き込む。

「ひとりにしてすまなかった。あいつになにをされた?」

なにがなんだか混乱しつつ、なんとか順を追って説明する。セクハラされたことを話すと、社長は弾かれたように立ち上がり、部屋を出ていこうとする。

「しゃ、社長?」

「止めてくれるな。あいつまだ近くにいるはずだ、捕まえて一発ぶん殴ってやる」

「ま、待ってください」

なんとか立ち上がったけれど、ふらついてしまう。再び本城社長に支えられ、ソファに座りなおした。

「落ち着いてください、社長。わたくしは……大丈夫です」

「……すまない、君がそんな目に遭ったと聞いて冷静さを欠いていた」

「いえ。むしろうまく対応できず申し訳ありません」

「こちらこそ悪かった。まさか取引先の人間にあんなことをするとは……香椎は？」

「香椎係長は今お電話で」

「そうだったか」

社長は軽く眉をひそめ、さっきと同じように床に片膝をつき、私の顔を覗き込む。

「しゃ、社長。お立ちになってください」

社長は微かに表情を動かしたあと、小さく首を振る。

「手に触れてもいいだろうか」

「手？　……はい、大丈夫です、が……？」

不思議に思いながら返事をすると、社長は私の手を取ってきゅっと握った。社長に触れられて初めて、私は自分の手が震えていたことに気が付く。

「守り切れなくて、すまなかった」

真摯《しんし》な視線に射抜かれて、うまく息継ぎができない。

「もうあんな目に遭わせないと約束する。これからは必ず守る」

うまく息ができない私は、なんだか目の奥が熱くて仕方ない。きゅっと噛んだ唇を、社長が男性らしい硬い指先で優しく撫でる。

「噛むな」

返事をしようとして息を吸い込んで、そのまま決壊するみたいに涙が零《こぼ》れ落ちてしまった。どうしよう、我慢しきれなかった。

「は、う、も、申し訳ございません……っ」

「構わない」

そう言って社長は立ち上がり、もう一度私に聞く。

「君に触れる許可をくれないか」

混乱しつつ頷き返すと、社長は私をぎゅうっと抱きしめた。

安心感のある、たくましい身体。温かな体温、微かに聞こえる息遣い。

「大丈夫だ、もう大丈夫」

耳元で聞こえる落ち着いた低い声に、気が付けば子どもみたいに泣きじゃくってしまっていた。そんな私の背中や後頭部を、社長は優しくぽんぽんと撫でる。指先から伝わる確かな慈しみに、肋骨の奥がきゅうっと切ない。

「それから、ありがとう」

その言葉の意味は、よくわからない。ただ疑問はもうきちんとした言葉になってくれなかった。ただ安心する体温に包まれ、泣き続ける。

どれくらいそうしていただろうか。

ようやく泣きやみかけた私は、ハッと気が付く。社長のスーツ、私の涙で濡らしてしまった。

「は、あ、あの、申し訳ありませ……！」

ぱっと顔を上げると、至近距離に社長の最高に整ったかんばせがあった。半分意識が飛ぶ。

かっこよすぎる。なんですかこの精悍さは……！　思っていた以上にまつ毛が長い。少し狭めの二重が、切れ長の怜悧な目をよりシャープに見せている。そして鼻が！　鼻が高い！　彫りが深い！

見惚《みと》れてしまっている私の眼前で、ゆっくりと目元が綻ぶ。思わず『知らなかった』と息を呑んだ。この距離でようやくわかるほどの、ほんのちょっとの笑いじわができている。か、かわいい。かわいいです社長……っ！

心臓がきゅんで停止しそうになっている私の目元を、社長の硬い指先が擦る。

「もう大丈夫そうだな」

「はっ、はい。それよりお召し物を汚してしまいました……」

私は社長のスーツの胸元と、白かったワイシャツの汚れに触れた。ほんの少しだけれどお化粧がついてしまっている。

「君のハンカチ代わりになれたのなら、むしろ光栄だよ」

「そんな」

おろおろとする私の頬を、社長は指の関節で撫でる。どきどきと鼓動がうるさい。頬が熱い気がする。

社長が目を柔らかく細め、なにか言おうとした瞬間だった。

「森下さん、今、花田専務がすごい勢いで走っていったけれど、なにか知っ……」

社長の肩の向こうに香椎係長が見えた。こちらを見て硬直している。

社長が慌てたように立ち上がる。香椎係長は「おほほほほ」と笑って、ゆっくりと応接室の扉を閉めた。

「お取込み中でしたかー。ごゆっくり」

「待て香椎、誤解だ」

社長が香椎係長を追いかけていく。私は呆然とソファに座り込んだまま、社長の温もりにいまだ包まれているかのような、そんな気分になっていた。

定時を過ぎ、替えのスーツに着替えた本城社長は「今日はどうする」と私に問う。ディナーに誘っていただいている件だ。

「あんなことがあったんだ。今日は無理せず帰宅したほうがいい」

優しい社長の声に、私は首を振る。

「社長さえよろしければ、本日ご一緒させていただいていいでしょうか。その、なんといいますか」

「ぱあっとしたい気分、といったところか」

「その通りです」

苦笑すると、社長はゆったりと頷く。

「君が楽しい気分になれるよう善処するよ」

「そんな、わたくしは社長と一緒にいられるだけで幸福ですので」

社長が微かに目を瞠《みは》り、なぜだか少しだけ視線を泳がせた。

そうして本城社長に連れられやってきたホテル最上階のフレンチレストランは、なんと個室が予約されていた。仰ってくだされればわたくしが手配いたしましたのに、と言う私に社長は「それでは意味がないから」と真剣に仰ってくださった。

部下をねぎらうのにも全力……！　さすが社長だ。

もちろん料理も一流で、運ばれてきたアミューズもオードヴルもポタージュも、あまりのおいしさに頬が蕩《とろ》けて落ちそうになったくらいだ。魚料理《ポワソン》の桜鯛《さくらだい》と筍《たけのこ》のポワレなんか絶品で、食べ終わるのがもったいないと本気で考えてしまった。

それにしても――と、煌《きら》びやかな東京《とうきょう》の夜景を見下ろす。南東北の小さな街出身の私は、きらきらしい東京の夜にいまだに慣れることができない。身の丈に合わないのかもしれないな、と少しだけ目を細めた。

ふ、と息遣いを感じ、私は視線を正面に戻した。染みどころかしわひとつない白いクロスが敷かれた丸テーブルの上には、赤ワインが注がれたワイングラスがふたつ。濃厚な赤色が、中央に置かれた蝋燭《ろうそく》の灯を反射していた。少し離れた壁際には瀟洒《しょうしゃ》な飾り棚。その上に置かれた花瓶には、上品に咲く桜の枝が生けられていた。そういえば、今年はお花見したいなあ――と、私のことはどうでもいい。

「改めて、本日はこのような場を設けていただき、本当にありがとうございます」

向かいの席にいる本城社長に頭を下げる。社長は「いや」と低い声で言ったあと、ワイングラスを手に取り微かに揺らす。甘くて蕩けるような低音の声だ。改めて思うけれど、声まで完璧だなんて、神様はどうかしている。

……と、今日の昼間のことを思い返して顔に熱が集まりそうになる。泣いてしまったことだけで十分恥ずかしいのに、あまつさえ抱きしめられ、優しく撫でられて……耳元でしゃべる社長の声、息遣いまでも完璧に記憶してしまっていた。

ごまかすようにワイングラスをぐいっと傾ける。

ワインのよしあしはよくわからないけれど、とにかくこのワインがとてもおいしいことだけはわかる。ボトルに書かれていたのは、たまたまだろうが私の生まれ年だった。

今は、メインの肉料理《ヴィアンド》が運ばれてくるのを待っているところだ。子羊をどうにかしたものらしい……コースの名称は秘書として覚えてはいるものの、なかなか料理の細かいところまでは把握できていない。

もちろん自分が予約や手配したものであれば細かいところまで記憶しておくものの、今回は社長が……いや言い訳だ。どんな場合でも対処できる秘書力を鍛えておかねば……いや？　ハッとして顔を上げた。も、もしかして今日はそのことをわたくしめに教えるためにわざわざ場を設けてくださった……⁉

ひとり顔色を変えているだろう私を見て、本城社長は「ふっ」と噴き出した。

「社長？」

「いや、本当に君は見ていて飽きないな、と。……ずっと見つめていたくなる」

「……？　光栄です」

少し声のトーンが変わったことを不思議に思いつつ、私もワインに口をつけた。

「そういえば少し、顛末を話して構わないか？　そのほうが君も安心できるだろうと思う」

「顛末……というと、花田専務のことでしょうか。横領が、と仰っていましたが」

「そうだ」

社長は優雅にグラスを傾け、唇を湿らせ言葉を続ける。

「彼は先ほど逮捕されたそうだ」

「そう、でしたか……」

「君がされたこともきっちり罰を受けさせる。そのあたり、俺に任せてくれないか」

真剣に言われ、小さく頷く。私のことごときで手を煩わせはしたくないものの、その言い方はすでに決定事項としているときのものだった。社長は意思が強いのだ。

「お願いいたします」

そう言うと、社長は心なしかホッとした色をその精悍な顔に浮かべる。

「あの方、きっと常習です」

「わかった。そのあたりも調査する」

「お手伝いいたします」

「いや」

社長は目を眇《すが》め、低く言った。

「あの男に関しては、俺がきっちり引導を渡してやらないと気が済まない」

私は感動して目を瞬かせた。なんて部下思いなのだろう、本城社長は……！

「ところで」

と、社長は声のトーンを変えた。

「会長……母がなにか君に変なことを言ったらしいな。すまなかった。その、伴侶がどうの、と」

本城社長にしては珍しく、とってもとっても珍しく、歯切れ悪くそんなことを言う。どことなく照れている仕草にきゅんとした。かわいいです、社長！

推しを〝かっこいい〟ではなく〝かわいい〟と認識し始めると末期らしい。まさしくその通りだろう。完全に、社長沼。

私は勝手にニヤつき始める頬を叱咤《しった》して、キリッとした表情を意識して微笑んだ。

「はい。伺っております」

「悪かった。俺はどうやら、恋愛面に関してかなりわかりやすいらしく、その……君も、もうとっくに気が付いているだろうと覚悟はしているんだ」

「……？　気が付く、とは？」

お相手様とのことだろうか。

「つまり……なかなか言うタイミングがなく、ここまで来てしまったが。ずっと、君に伝えたかった」

精悍な眉をきりりと寄せる社長に、私はにっこりと笑う。

「心に決めた方がいらっしゃるという話ですか？」

「ああ、それだ。……ん？」

端整なかんばせに怪訝《けげん》な色を浮かべ、社長は私を探るように見つめた。私は胸を張り、言葉を続ける。

「会長からご指示をいただきました当初は、お見合い相手を探せというご指示だと勘違いし、すでにリストアップまで済ませてしまっていました。申し訳ございません。ですが、ご心配には及びません。すでに会長からご指摘いただきリストは破棄しております。それで、心に決めたお相手というのは」

社長は微かに目を見開いたあと、ワインを飲み干し、なぜだか不敵に笑った。

私は心臓を鷲掴《わしづか》みにされた気分になって内心『キャッ』と叫ぶ。なんですか社長、そのちょっとワイルドな微笑みは……⁉ かっこよすぎるんですけど！

ふ、とやっぱり野性味のある感じで社長は笑って目を細め、口を開いた。

「こう来るとは正直想定外だ。やはり君は面白い」

「面白い、とは」

「それからよくわかった」

「なにが、でしょうか」

疑問ばかりが降り積もる私に、社長は鷹揚《おうよう》に微笑む。

「君がとんでもなく鈍いということだ」

社長はそう言ってグラスをテーブルに置き、腕を組む。思案顔も美しい……じゃない、困らせているのは私だ。

「しゃ、社長。申し訳ございません……！」

「いやいい、はっきり言わなかった俺が悪い。けれど、そうだな……正攻法ではかえって逆効果か」

「はあ」

「そうだ。外堀を埋めてしまえば逃げられないか」

「い、いくら社長とはいえ、犯罪には手をお貸しできません」

「いや心配するな。ちゃんと落とすから」

「首を⁉」

ひい、と悲鳴をあげた私を見て、社長は肩を愉快そうに揺らした。

「本当に君は飽きない」

「恐悦至極に存じます……が、その、一体」

「ああ、そうだな。では単刀直入に言おう。心に決めた人というのは」

「いうのは」

「君のことだ、森下心春さん」

私はぽかんとしてしばしフリーズしたあと、小さく首を傾げた。そうして肩から力を抜いて頬を緩める。

「ふふふ、さすが社長、ＣＥＯジョークですね。いつなんどきもユーモアを忘れないその姿勢、不肖森下見習っていきたく存じます」

「ジョークではないよ」

余裕さえ感じさせるほどにゆったりと笑い、本城社長はじっと私を見つめる。

「俺が結婚相手として心に決めていたのは、君だ。君しか考えられない」

「……社長の決定に差し出口を挟みたくはないのですが、少々お考えを伺っても」

ふ、と社長は目を細めた。少し悲しそうに、寂しそうにも見えてそわそわしてしまう。尊敬してやまない本城社長にこのような顔をさせて、情けなくて眉を下げた。

「その、違うんです。どう考えても、私のような人間が社長の伴侶としてふさわしいと思えずつい口を挟んでしまいました。申し訳ございません」

「どうして。逆に、俺のほうが君にふさわしくないのかもしれない。それでも、俺は君と結婚したい」

私は動揺してワインをテーブルクロスにしみ込ませてしまいそうになる。『あばばばばばば』とか意味不明の言葉を口走ってしまいそうだ。必死で我慢してぐっと奥歯を噛みしめた。

「な、なにを仰います社長……⁉ 社長ほど完璧な人間をわたくしは存じ上げません。凡庸なわたくしの生涯を全て、一滴残らず注ぎ込んで後悔はないほど、わたくしは社長を尊敬しております」

本城社長は「ふ」と笑い、肩をすくめた。

「そんなふうに思ってもらえるほど完璧な人間じゃないよ、俺は」

「そんな」

「俺はね、怖いんだ。森下」

「怖い……?」

「瑕疵《かし》だらけの本当の俺を知られたら。俺がハリボテだと気が付いたら、君は俺を見限ってしまうのだろうか」

「まさか」

私は胸を張り、しっかりと本城社長を見据える。

「社長に瑕《きず》があるのならばそれは努力の証《あかし》、ハリボテだと仰るのならば潰れぬようこの森下、全身全霊全力でお支えするまで」

そうして真剣に、はっきりと言う。

「たったそれくらいのことで、わたくしの社長に対する心をお疑いにならないでください」

本城社長は目を丸くして、それから力を抜いて眉を下げ笑った。

かなりのレア表情! どうしましょう写真、写真……っ!

「たった、か。君は本当にすごい」

「そのようなことは」

「本当だ。君がいると、俺は……強くなれる。勇気をもらえる」

本城社長は私の手を取り、真剣に言う。

「心からの信頼をもらえることが、こんなに心強いのだと、君に出会って知ったんだ」

「社長……」

私ごときが、社長の力になれていると知っただけで胸がいっぱいなのに……手！手を繋がれています……！　今日、一体何回手を握っていただけるのでしょう。夢じゃないだろうか……！

私は握ってくる大きな手の体温にときめきが隠せない。憧れの方にこんなことをされて冷静ではいられない。体温が頬に集まっていくのを感じる。

「覚えているか？　俺の社長就任直前で、米国企業から敵対的ＴＯＢを仕掛けられかけたよな」

「もちろん忘れるはずがありません」

私は強く頷く。

ＴＯＢとは、株式公開買い付けのこと。つまり、米国企業はこちらの同意を得ず、敵対的に株式の買い付けを仕掛けてきたのだ。株の大半を買い占められれば、経営に関する支配権を奪われてしまう。

「あのときは、社長の八面六臂《はちめんろっぴ》のご活躍で難を逃れました」

パックマンディフェンスという逆に相手会社を買収するという対抗策をとったのだ。当然資金力の勝負となるが、そこは社長が一枚上手《うわて》だった。逆に米国企業を傘下に収め、一躍社長が時の人となったのは記憶に新しい。その年の経済誌の表紙に、社長のお写真が使われたくらいだ。そのせいで女性男性問わずにファンが増え、一時会社は騒然とした。

「俺だけの頑張りじゃない。君が支えてくれた。欲しいと思った資料はいつだってすぐに用意され、したいと思った会合はすぐに開かれた。全部君が手配してくれていたんだ」

「と、とんでもないことです。秘書室一同で誠心誠意頑張らせていただきました」

ぶんぶんと首を振る私に、社長は首を振る。

「君が不眠不休で俺を支えてくれたのは、秘書室どころか当時を知る誰もが認めるところだ」

「そんな」

社長は私の目を見つめ、真摯な声音でまっすぐに言う。

「だから俺は君がいい」

「っ、で、でも。その、繰り返しになってはしまいますがっ」

私は目を何度も瞬きながら言葉を紡ぐ。

「わたくしでは社長の伴侶たりえません。なにしろ凡庸です。見た目も人格も、それから家柄も」

「家柄なんて今時気にしないだろう」

「そ、それは……そうなのかもしれませんが」

会長にも言われたことを思い出し、自分自身の認識をアップデートさせる。『結婚に家柄は関係ない』

「それから、君は綺麗だ」

さすがに固まった。き、綺麗？　綺麗とは？

夜景を通す透明な嵌め殺しの窓に自身を映す。目と鼻と口がある。とても普通の顔立ちだ。あえて言うなら歯並びがいい。それくらいだ。

「性格もすごく好ましい」

社長のどこか甘ささえ感じる声に視線を戻す。

「しっかりしているかと思えば鈍かったり、穏やかである一方で鋭かったり。そういうところが、すごく愛くるしいし、かわいらしいなと思う」

「え、あ、あの」

　顔が発火しそうだ。大人になると、仕事以外で人から褒められる機会はそうないから不慣れだし、その上今褒めてくださっているのは尊敬してやまない本城社長だ。

「う、嬉しいです……」

　しおしおと目線を逸らしながら、なんとかそう口にする。社長は微笑み、握る手の力を強くした。

「ほかに、君が結婚を断る理由は？　ほかに好きな男でも？」

「ま、まさか。というかわたくし、結婚願望自体がないのです」

「なぜ？」

「それはもちろん、生涯社長をお支えするため……」

　口にしてから首を傾げた。社長は微笑む。

「それは、俺となら結婚して構わないということだろう？」

「そう……なのです、か、ね……」

　頭がうまく回転していない。え、あれ、そうなの？

「それに、妻となる人には俺の職務内容を全てとまでは言わないが、おおむね把握しておいてほしい。外見にこだわりはないが、そうだな……趣味が家庭菜園と寺社めぐりの女性がいい」

「それは……またニッチな……」

私は言いよどむ。家庭菜園と寺社めぐりがニッチなのではなく、その趣味を持っている女性に限定する社長のこだわりはさすがにニッチと言っていいだろう。そうなると、条件がかなり絞られてしまう。

「社長、なぜアウトドアがお好きなはずの社長がそんな趣味の女性を求めてらっしゃるのか伺っても？」

「最近、そのあたりに興味が出てきてな。どうせなら一緒に楽しめる人がいい」

「なるほど」

まだ腑《ふ》に落ちない部分もあるけれど、そういうことなのか、と思う気持ちもあった。たまたま私もそのふたつが趣味なのだ。よく所帯じみてるとか言われるけど、いいじゃない、心が落ち着くんだもの……。

となると、私を選んでいただけたことにも納得がいく。

どうせ仕事中、ほとんど私といる状況なのだ。結婚してプライベートの管理も任せたく思うのは信頼の証なのかもしれない。

じわりと心があったかくなっていく。そんなに、プライベートさえも任せてよいと思うほど、私のことを信頼してくださっているのか……！

感激で胸が打ち震えた。

それほどの信頼を傾けていただいて、それに背くことができようか。誉れ。誉れだ。この森下心春、二十六年の生涯最高の誉れ！

私は胸を張り、きゅっと彼の手を握り返す。

「お任せください、社長。不肖森下、必ずや生涯にわたって社長をお支えすると誓います」

「……俺としては、甘えてもらいたいのだが」

「ふふ、ＣＥＯジョークですね。素敵です」

本城社長は肩をすくめ、それから目を細めて……信じられないことに、私の手の甲を指で撫でた。とっても優しく、ゆっくりと。

「ひゃあっ」

びくっと手を引こうとする私の手を、社長は逆に強く握り口角を上げた。

思わず目を瞠る。だって、こんな顔は、初めて見る。なんと言えばいいんだろう。色気たっぷりの捕食者、そんな感想が自然と頭に浮かんだ。なんだそれ。そう思うのに、ほかにぴったりな言葉が思い浮かばない。

背中がぞわぞわした。嫌な感じじゃない。むしろ……その視線の対象が自分であることが、嬉しくてたまらない。

社長は私の手をそっと持ち上げ、そうしてじっと見つめた。みじろぎさえできない私の前で、彼は恭《うやうや》しささえ覚えさせる仕草で手の甲に口づけた。彼の唇の柔らかさ、少しかさついた感触、そして体温をまざまざと感じる。ぶわわと電流みたいに熱が頬に集まる。

「ほ、本城社ちょ……」

「玲司」

本城社長は目を細めて言う。

「婚約者になったんだから、プライベートで他人行儀はなしだ。――心春」

「ひいっ」

心臓が爆発するかと思った。推しがめちゃくちゃいい声で私の名前を呼び捨てしている……っ！

ひとりあわあわしている私を見て、本城社長は喉奥で楽しそうにくっと笑う。

「どうした？　呼んでくれないのか？　心春」

「あ、いやいやいやいやでもですね、でもでもでもそんな畏れ多い……っ」

「そうか。寂しいな」

社長は眉を下げて私をじっと見つめた。

「もっと近づきたいと思っているのは、俺だけか」

「め、滅相もございませんっ」

私はぶんぶんと首を振り、必死に言いつくろう。

「わ、わたくしめもその、社長にお近づきになりたいとっ」

「玲司」

「っ、れ、玲司様に」

社長がぶはっと噴き出した。

「今の日本のどこに夫を様付けする夫婦がいるんだ」

「夫婦っ」

「気が早かったか」

玲司様は楽しげに肩を揺らす――と、様付けはいけないのだっけ。

「そ、それでは」

こほん、と私は咳払いをし、震える唇をそっと動かした。

「れ、玲司、さん……？」

おそるおそる発したその言葉は、思った以上にしっくりしている気がした。

まるで、ずっと本当はそう呼びたいと思っていたかのような――まさか、ありえない。

「……ん、まあ、それでいいか」

本城社長……いや玲司さんは小さく笑い、私の手をようやく放してくれた。そうしてじっと私の目を見つめて言う。

「これからよろしくな、心春」

そうして、とっても大事なことのように続けたのだ。

「もう逃がさない」

――と。

お腹の奥のほうが甘く蕩けてしまうような、そんな声音だった。

夢見心地で帰宅して、ふわふわした心持ちのままシャワーを浴びてベッドにぽすんと飛び込んだ。疲れていたのかすぐにウトウトしたけれど、すぐにハッと目が覚める。

私が玲司さんと婚約？

都合のいい夢を見たんじゃないかと常夜灯の下でちょっと考えて、本当のことだと認識しなおして改めてびっくりしてしまう。私が玲司さんと結婚！

思い返すとまたどきどきしてしまう。もちろん玲司さんが私に恋愛感情など抱いているはずがない。私もまた、心よりの尊敬のほか、どんな感情も抱いているはずもない。

それでも妻にと望んでくれた。一体どれほどの信頼を寄せてくださっているのか。秘書としての私をここまで認めてくださって、妻業まで任せてくれるなんて。

感動に胸が打ち震え、そしてむくむくとやる気が湧いてくる。なにがなんでも、玲司さんの妻としてふさわしい人間にならなくては。お支えしていかなくては。私はそんな決意を胸に、再び静かに眠りについていった。

翌朝出社すれば、すでに皆が私と玲司さんとの婚約について知っている状態だった。

「ようやく……って感じよね」

わざわざ朝イチで秘書室まで来た浦田さんがふにゃりと笑う。私は首を傾げた。

「ようやく、とは？」

「ああ気にしないで。とにかくまとまってよかったー。肩の荷がおりた」

「……？」

首の角度をさらに大きくする私に、浦田さんは「秘密だよ」と声をひそめ、私の耳元で囁《ささや》く。

「あたしね、本城社長の親戚なの」

「え！……っ」

大声を出してしまいそうになり、慌てて口を押さえる。浦田さんは肩をすくめた。

「コネとか使えないくらいのめちゃくちゃな遠縁なんだけど、玲司くんとは歳が同じだから親戚の集まりとかでたまに話してたの」

「──あ、もしかして、私がパワハラとかされてたのを社長に伝えてくださったのって」

「そ、あたし。もう手に負えないと思って、玲司くんに報告した。ついでに心春ちゃんのアシスタント能力の高さも」

浦田さんは苦笑して私の肩を叩《たた》く。

「まあ、とはいえすごく親しいわけでも……あなたが玲司くんに恋愛感情を抱いていないと言えるほどの距離感ではなかった、というか」

「それは当然の共通認識というか、社長も了解されているのでは？」

というか玲司さん自身もそうだろう。消去法で私が残っただけであって、女として見ているのではないはずだ。

一瞬、過去の出来事が脳裏によみがえってきて、慌ててかき消す。『女としては見れない』『そういう勘違い、痛いからさ』……ああ、あんなことはもう二度と繰り返したくない。蔑んでくる瞳の色まで生々しく覚えたままだ……。

「ううん、まあ……あれだ。なんにせよお幸せにね」

「ありがとうございます」

浦田さんの声にハッとした私は笑いながら立ち上がり、「さて」と気合を入れる。

浦田さんが笑った。

「あれ、なんか気合入ってる？」

「浮かれてミスなんて最悪ですから」

「浮かれてるんだ？　やっぱ実は男性として好きだったの？」

どことなく嬉しげにそう言われて、うーんと首を捻《ひね》る。

「……いえ、やっぱりそうじゃないと思います。ただ、最推しを一生身近でお支えできる立場になれたことが嬉しくて」

「浮かばれないわねえ玲司くんも」

「浮かばれない、とは？　はっ、や、やっぱり私では力不足……！」

「違う違う」

苦笑して言われ、私は首を傾げた。

昨日からなんだかよくわからない状況になっている気がするなあ。

浦田さんを見送ってから社長室に向かう。すでに玲司さんは嵌め殺しの窓を背に、デスクで書類のチェックをしているようだった。

テーラーでオーダーメイドされた三つ揃えのスーツをぱりっと着こなし、姿勢よく書類に目線を走らせていた。既製品ではなく、国内の職人さんに納得のいくこだわりたっぷりのスーツを作ってもらうあたりが、実に玲司さんらしい。堅実で誠実な人柄を表していると思う。もちろん国外ブランドのオーダーメイドスーツだってたくさんお持ちなのだけれど。

ネクタイの色は群青。本日は通常モードだ。あれ、そういえば昨日の勝負ネクタイはなんのためにされていたのかな？　もしかしたら定例会でなにかあったのかも。確認しなおしておかないと。

私は「社長」と声をかけた。昨日はファーストネームで呼ぶよう言われたけれど、今は仕事中なのでこちらのほうがいいだろう。予想通り、玲司さんはちらっと私を見ただけで軽く頷いて書類に目線を戻した。

「おはようございます。お飲み物はいかがされますか」

「任せる」

昨日は蕩けるような甘い低音だった声は、いつも通りのクールな声色に戻っていた。もちろんどっちの声も最高だ。鼓膜が歓喜で打ち震えている。

「かしこまりました」

社長室専用の給湯室に向かい、しばし考える。

さて、玲司さんはコーヒー派だ。私はそんな彼のために、何種類ものコーヒーを用意していた。結構丁寧に淹れるので、実は時間がかかる。けれど、そうやって少しぼうっとしながら一日のスケジュールを脳内で確認しなおすのが、私のルーティンでもあるのだ。そうして、コーヒーとともに玲司さんにお伝えする。

さて。

昨日はフレンチのフルコースだった。玲司さんは健啖家《けんたんか》であらせられるけれど、今日のコーヒーは少しさっぱりとしたほうがいいかもしれないな。

「じゃあ、これにしよう」

私はグアテマラ産の浅煎りの豆を手に取った。酸味がやや強調されている、さっぱりした豆だ。電動ミルでごりごりと挽《ひ》いていると、ふと背後に気配を感じた。

振り向けば、玲司さんが入口の壁に寄りかかり立っていた。ミルを止めて首を傾げた。

「社長。どうかなさいまし……」

「君に飲ませたことはないが、俺もコーヒーを淹れるのはまあ、うまいほうだ」

「そうなのですか？」

「だから、一緒に暮らしだしたら毎朝淹れてやる」

そう言って玲司さんが近づいてくる。……それは私の仕事では？ときょとんとしていると、彼が私の背中にぴったりとくっつくようにしてミルを持つ私の手に触れる。

ま、まるで後ろから抱きしめられているみたい！

「しゃ、しゃしゃしゃ社長⁉」

頬に熱が集まる。視線を落とせば、私の手はすっぽりと彼の大きな手に包まれている。背中にはたくましい玲司さんの胸板が……っ！　なにこれなんのご褒美⁉　ときめきなのか緊張なのか、呼吸がうまくできない！

「……心春。俺がこんなふうに君に触れるのは、嫌じゃないか？」

耳が蕩け落ちるかと思った。それほどまでに甘い声で、今彼がビジネスモードでないことが呼び方からでもわかる。

「も、もちろんです……っ」

だ、だめだ。心臓がどきどきしすぎて息苦しい。だって玲司さんが近い。体温をはっきりと感じるし、整髪料のいい匂いがする。なにしろ玲司さんは香水をお好みにならないので……と緊張しすぎて玲司さん豆知識に意識を馳せてしまう。ああ推しが、推しが近いです！　神様！

「本当に？」

玲司さんがそっと私の頭に頬を寄せた。きゅんがとまらない、ときめき死する！

「ほ、本当です本当です……っ」

「そうか」

少し、ホッとした様子で玲司さんは呟《つぶや》く。

「君が田代《たしろ》にされていたことを考えると、安易な身体的接触はやめたほうがいいと思いなおしていたんだ。もし少しでも恐怖や嫌悪感があるのなら、許可が出るまでもうこんなことはしない」

田代というのは私にパワハラとセクハラを繰り返していたかつての課長だ。

「そ、そんな」

私は彼の腕の中で振り向き、必死で言葉にする。

「玲司さんはあんな人とは違います……っ」

「そうか」

玲司さんはそう言って、柔らかく目を細めた。

「それならば、触れてもいいんだな」

「もちろんですっ。玲司さんになにをされようと、わたくし幸福です」

勢いよく答えると、玲司さんは目を瞠り、それから小さく眉を寄せた。

「……君、絶対にそれほかの男の前で言うなよ」

「言うわけがないじゃないですか、わたくしほかの男性に触れられたくはありません」

あれ、なんで玲司さんは平気なんだろう。まあ尊敬の念が嫌悪を大幅に上回るからだろう……ってそもそも玲司さんに嫌悪感なんて持ちようがない。

「そうか。……よかった」

そう言って玲司さんは私の耳殻にそっと唇で触れた。その行為がいわゆる〝キス〟というものだと気が付いたときには、玲司さんはもう私から離れていた。

「……!?」

ようやく反応して耳に触れ、目を瞬いて彼を見つめてしまう。触れられたところがとっても熱い。きっと耳が真っ赤だ。いやそれどころか、頬も、多分首まで。

口をぱくぱくして言葉を失っている私の視線の先で、玲司さんは小さくにやりと笑った。

「先に戻る」

口調だけはビジネスモードでそう言って、玲司さんは長い脚で歩き去ってしまう。

私は声を発することができない。声を出したら『あばばばば』とか意味のないことを叫んでしまいそうな気がする。本当はキャアキャアキャア叫びながら給湯室を飛んで回りたいけれども。それくらいのことをされてしまっているけれども！

私は熱くなった頬で豆を挽きながら、必死で今日のスケジュールを脳内で整理した。どきどきが止まらない。

なんだか少しだけ、今まで玲司さんに感じていたのと違うときめきが生まれかけている気がした。〝推し〟とは、〝尊敬〟とはまた違うような。

さて、その日から私は妙に忙しくなってしまった。仕事じゃない。玲司さんはさっそく結婚の準備を始めてしまったのだ。私も式場のリストアップなどに忙しい。できるだけ多くの関係者をお呼びし、玲司さんのＣＥＯとしての立場を固め、さらなる躍進に繋がる場にしなくてはいけない。

とはいえ、私も忙しくなることに関して否はない。なぜなら玲司さんを全力でお支えするのが私の命題。一日でも早く結婚し、同居し、私生活においてもサポート体制を整えなければならないのだ。

そう思うのに、私はなんだかやけに甘やかされ始めていた。

「……あれえ」

「どうしたんだ？」

朱い鳥居の向こうで、玲司さんが振り向く。私はハッとして慌てて走り寄った。さっきまで降っていた雨に濡れた砂利が音を立てる。

「い、いえ」

今日は土曜日。昨日の仕事終わり、玲司さんがふと言ったのだ。『そうだ、明日は少し遠出をしないか』と。

てっきり視察かなにかだと思った私に、玲司さんは『デートだよ』と柔らかく眉を下げる。

『デー……ト？』

『そう。せっかくだから少し遠くに寺社めぐり。どうだろう』

これは玲司さんが婚約者として距離を詰めようとしてくれているのだろう、と判断し……というか、嬉しくて頷いた。玲司さんと私的なお出かけなんて、初めてだ！

待ち合わせは東京駅だった。どこに行くのだろう。鎌倉《かまくら》？　それとも那須《なす》方面？　鞄《かばん》を握りしめ、わくわくと玲司さんを待つ。十時待ち合わせなのに、楽しみすぎて一時間近く前に到着してしまった。

そうして人ごみのなか颯爽《さっそう》と現れた玲司さん——シンプルなシャツに濃い色のジーンズ、歩きやすそうなスニーカー。ラフな格好も似合いすぎる、かっこいい——が私に告げたのは、なんというか、想定外の場所だった。

「まさか日帰りで京都《きょうと》とは」

観光客で賑《にぎ》わう朱い鳥居をくぐりながら呟いた。

交通費も玲司さん持ちだったし、新幹線だってグリーン席、いつのまにやら有名カフェのコーヒーと焼き菓子まで用意されていた。ひたすら恐縮する私だったけれど、気が付けば玲司さんのペースに乗せられ、リラックスして過ごしてしまった。

のんびりおしゃべりしながらコーヒーを楽しむ間に、東京から三時間ほどで、京都の中心部から少し離れたこの神社までたどり着いたのだった。まだお昼過ぎだ。

青々とした紅葉もまた、雨に濡れ艶《つや》やかに輝いている。玲司さんは小さく笑った。

「せっかくだから、と言っただろう」

「はい。嬉しいです」

歩きながら素直に言葉にすると、玲司さんは微かに目を瞠ってそれから頬を緩める。

「君は本当にかわいらしく笑う」

私は立ち止まり、目を丸くした。ほんの少し遅れて、全身から汗がどっと出て頬に熱が集まる。

「れ、れれれれ玲司さんっ、からかわないでくださいっ」

「ん？　からかってなんかないぞ」

「もー……おやめください、照れますので」

両手で頬を包み、赤くなっているだろうそれを隠しながら唇を尖らせた。そんな私を見て玲司さんが男性らしく喉元で笑い、言葉を続ける。

「そういえば言おうと思っていたんだが、敬語はもうやめないか。少なくとも、私的な時間は」

「え、ええっ。そんな……無理です。沁《し》みついておりますので」

「ならせめて、もう少しくだけた言葉遣いだと嬉しい。距離を感じてしまうんだ」

そう言ってほんの少し目を細める。ざあ、と梅雨の雲間にもかかわらず、やけに爽やかに風が吹いていった。玲司さんの周りは、いつもなんだか冴えて、ひんやりと清々《すがすが》しい。

「距離だなんて……そんなつもりは」

「わかっているんだがな」

なんだか寂しそうな顔をされて、私は慌てて拳を握った。

「れ、玲司さん。かしこまりまし……じゃない、わかりました」

敬語は取れそうにないけれど、崩すくらいは頑張ってみよう。玲司さんは私を見て頬を綻ばせる。

「ああ。嬉しいよ。ありがとう」

「そ、そんな。お礼を言われるようなことでは……」

「言われるようなことだ。少なくとも俺にとっては、君との距離が縮むというのはこの上ない僥倖《ぎょうこう》なんだよ」

真剣に言われて目を瞬く。今、幻聴が聞こえただろうか。

楽しみすぎて、昨日眠れなかったから……と、玲司さんが私の手を取った。頭がフリーズしている間に、するりと繋がれた。

「繋いでいていいだろうか」

私は思い切り狼狽《ろうばい》してしまう。屋外で手を繋ぐだなんて、良好な婚約関係を目的としていたにしたって、少々過剰ではないだろうか。

「れ、玲司さん。私はあくまで、秘書業務の一環として妻を務めさせていただくだけと認識しています。このような過度な甘やかしは私にはもったいないです……！」

言い募る私に、玲司さんは微かに目を細め、顔を上げた。

「嫌だ」

「い、嫌……⁉」

平素にはない子どもじみた言動に目を丸くすると、玲司さんは噴き出した。からかわれていたようだ。

「俺が好きでやっているんだから、君は気にするな。ただ甘やかされていろ」

「ですが」

「心春」

はっきりと名前を呼ばれ目を瞠る。その視線に促され、つい、おずおずとだけれど頷いてしまった。

そのまま本殿まで連れていかれ、私はなんとお願いすればいいのか迷って、結局いつも通りのお願いをした。社長が、玲司さんがとこしえに健康で幸せでいてくれますように。

「……一生懸命だったが、なにを願っていたか聞いてもいいか？」

再び手を繋がれ、境内をのんびり歩きながら聞かれる。

「もちろん玲司さんの健康と幸福です」

間髪入れずに答えて胸を張ると、ふはっと玲司さんは噴き出した。

「京都まで来てそんなことを祈ってくれたのか」

「そんなこと、だなんて！　私にとって最優先事項です」

そのためにサポートしたいのだ。無理をしてほしくない。

「そうか。光栄だ」

玲司さんは微笑み肩をすくめ、繋いだ手の力を強くする。

「玲司さんもなにかお願いをされ……したのですか？」

できるだけフランクな敬語を心がけつつ聞くと、玲司さんはさらりと爽やかに、まるで当然のように答えた。

「君を幸せにしたいと、そう願ったよ」

「わ」

私はぶわりと顔が熱くなるのを覚える。きっと真っ赤だ……！

「わたくしめのためにっ⁉　玲司さんが御自ら、お願いをっ⁉」

二礼二拍手一礼してまで、わたくしのことを考えてくださった……⁉

「大げさだな。婚約者の幸福を願うのは当然だろ？」

私は立ち止まり、じわじわと胸を包む幸福感で胸がいっぱいになる。

「し、幸せです、玲司さん……っ。私、今人生で一番幸せです」

「はは」

玲司さんは本当に面白そうに肩を揺らし、微かに目線を落としてじっと私を見た。

「ならもっと幸せにしてやる」

「はい」

私は頷く。玲司さんは〝そうする〟と決めたのなら、必ず実行する人なのだ。そんなところも尊敬してやまない。きっと私は死ぬほど幸せにされてしまうのだろう。それが一体、どんなものなのかは予想がつかないけれど。

「惚れたか？」

にやりと笑って、でも最高に爽やかに玲司さんが言う。私は間髪入れずに頷いた。

「もちろん、もとより惚れ込んでおります」

人生を捧げてもよいと、そう思えるほどに。

私の表情をまじまじと玲司さんは見つめ、それから気が抜けたようにふっと笑う。

「まだまだのようだな。もっと頑張るよ」

「れ、玲司さんはすでに世界一頑張ってらっしゃいますが……!?」

慌てる私の頭に、すっと彼が顔を寄せる。ふっと体温が近づいて、すぐに離れた。

こめかみに押し付けられた、柔らかな体温。

「れ、れれれれ玲司さん」

「ふは、初心《うぶ》すぎないか」

くっくっと楽しそうに玲司さんは笑う。私はわざと少し怒った顔をして「からかいましたね」と唇を尖らせる。私は男性とお付き合い経験がないのだ。免疫が一切ない。

そんな私に、玲司さんはあくまで爽やかに言い放った。

「まさか」

「む、それではなぜ……」

「本気だからだよ」

そう言う玲司さんは最高にかっこよくて、その場で意識を失わなかっただけ偉いと思う。

帰りのグリーン席からは、すっかり暗くなった京都の街が覗けた。出発するとそれらはあっという間に過ぎ去っていき、トンネルを出ればすぐに夕闇に包まれたのどかな光景へと移り変わる。

私は玲司さんが手配してくれていたかわいらしい手毬《てまり》寿司のお弁当を開く。ホームまでお店の方が届けに来てくれたのだ。一緒に、タンブラー入りの老舗茶舗の緑茶も入っていた。

「かわいい……！」

お寿司を見て、思わず感嘆してしまう。まるで宝石箱かのように、丁寧に握られた手毬寿司。食べるのを躊躇《ちゅうちょ》してしまうくらい綺麗だ。

「ここの寿司はうまいよ。そのうち食べさせようと思っていたんだが、なかなか機会がなくて」

「そうだったのですね」

おそらくかなり高級であろうお寿司そのものより、食べさせようと思われていた、ということのほうが嬉しい。

「嬉しいです」

「そうか。君が嬉しいと俺も幸せだ」

玲司さんはさらりとそんなことを言う。彼は多分、自覚してない。あなたの言葉がどれだけ私の感情を揺さぶるかってことに……！

ゆっくりとお寿司を食べ終わった頃、三河安城《みかわあんじょう》駅を定刻通りに通過しましたとアナウンスが入った。なにげなく窓の外を向き、それから手元を眺め、落ち着きなくタンブラーの緑茶を口に含む。

「どうした？」

ひょい、と私を覗き込んでくる玲司さんの整いすぎているかんばせを見上げ、私は「そのう」と小さく声を出した。

「大したものじゃないんです。ほんとに……なにかお礼ができないかって、考えて」

「……お礼？」

玲司さんは目を丸くした。あっまた激レア表情です……たまんないなあ。推しのびっくり顔を心のアルバムに収めつつ、私は鞄から小さな白い袋を取り出した。表に落ち着いた赤い字でお昼に行った神社の名前が書いてある。それを玲司さんの手に押し付けるようにして渡した。

「健康御守」

そう読み上げて玲司さんは何度か目を瞬いた。それから私の顔を見て、もう一度お守りに目をやる。

「いつのまに……」

「そ、その。いろいろ考えたんですけど、やっぱり私にとって玲司さんが元気でいてくれることが一番幸せだなあって……それで。あっもちろん玲司さんが健康管理をきっちりされているのは知っているのですが、あの」

しどろもどろに説明する私から、玲司さんはまたお守りに目をやり、そうしてゆっくりと柔らかく目を細めた。——本当に嬉しそうに、玲司さんは笑った。

「ありがとう、心春」

私は思わず息を呑んでしまう。玲司さんが浮かべたのが、あまりにも綺麗で温かい微笑みだったから。

普段、玲司さんのことを冷血だの無表情だの鉄仮面だの言っている人たちに見せてやりたいと思う。こんなに優しく笑う人なんだって……あ、ごめんなさいやっぱり嘘《うそ》、私だけで独占しておきたいです……って、それは変だ。

私にとって玲司さんは推しだ。彼の素敵なところをたくさんの人に知ってもらいたいって思ってた。なのに今、私は、彼を独り占めしたいと思っている。

「……？」

小首を傾げている私に、玲司さんは穏やかに口を開く。

「それにしても、神社もいいかもしれないな」

「え？」

「結婚式。どんなのがいい？　君の希望に沿いたい」

私は目を瞬き、じっと玲司さんを見つめ、小首どころか思い切り首を捻ってしまう。

「玲司さん。それは私の個人的な感情で答えてよいものですか？」

「ほかになにがあるんだ」

「玲司さんの、社長としての立場です」

私はシートにもたれかかり、言いたいことを整理しつつ伝える。

「結婚式、披露宴というものは大勢の関係者が集まる貴重な機会です。より多くの方にご列席いただくため、時期、場所など慎重に検討を重ねねばなりません。そこに私の感情が付随する必要はないのです」

「却下」

ひとことで却下された。私は身を乗り出し、玲司さんの顔を覗き込む。

「玲司さんのお優しい気持ちは大変ありがたいのですが、やはりここは冷静な判断こそが」

「結婚式にしても披露宴にしても、俺は君の気持ちを最優先にしたいと思っていた」

「必要ありません」

「ある」

そう言い切って、玲司さんは私の手を握る。

「一生に一回なんだ。君が満足して、俺の横で本当に幸福な感情で永遠を誓ってもらいたい」

「永遠？　すでに誓っております。とこしえにお支えすると」

「そうではなくて——部下としてではなくて、妻として」

「妻として……？」

握り込んだ私の手を、玲司さんは優しく撫でた。その仕草からは確かな慈しみを感じられる。もともと部下思いの方ではあったけれど、こんなに大切にされるものと思ってもみなかった。ときめきで息苦しい。

「そうだ。俺はね、本気で君を幸せにするつもりだよ、心春」

「は、はい」

困惑する私に、玲司さんは諭すように言う。

「これは君と俺、個人の結婚だ」

「ですが」

「もし君が望むのなら、近親者のみあるいはふたりきりでの挙式披露宴でもいいと思っているんだ。むしろ、俺としてはそのほうが好ましいと」

「な、なぜ」

目を見開く。ビジネスとして、使えるものは使ったほうがいい。

ふ、と玲司さんは笑い、私の額に自らのものをコツンと重ねる。

まつ毛さえ触れ合いそうな至近距離に、玲司さんのかんばせがある。彼は目を閉じて、そしてほんの少し笑っているようだった。私はどうしたらいいのかわからなくて、視線をうろうろさせる。心臓は全速力で走ったときよりも、よほど速く鼓動を刻んでいた。

「俺と君との門出に、有象無象の思惑を乗せたくはない」

有象無象、とはビジネス面でのお付き合いのある方々のことだろうか。

「まあ、考えておいてくれ」

そう言って彼は私から身体を離し、目を開く。その仕草さえとても優雅で爽やかに見えて、私はつい見惚れてしまった。

本当に、なんて素敵な人なんだろう。こんな人と結婚してしまっていいんだろうか。どきどきしすぎて早死にしてしまいそう。

「そうだ、今度は」

思いついたように玲司さんは言う。言葉の続きを待つ私の耳元に、彼はそっと唇を寄せた。

「今度は泊まりがけで来よう」

声に含まれる艶がすごい。そのままちゅっと耳に唇を押し当てられて、耳が蕩けそう。それほどの色気があった。耳殻が熱い。きっと真っ赤だろうそこを、玲司さんは、信じられないことに、ほんの少し、ちょっとだけ、小さく甘噛みをしてすぐに離れた。

私は思わず耳を押さえ、ぱっと彼を見る。耳に心臓があるみたいにドクンドクンと鼓動が聞こえる。

「あ、あ、あ、ああの」

声が震えていた。きっと顔も真っ赤だ。

そんな私を見て、玲司さんは余裕たっぷりの表情で頬を緩め、私に向かって手を伸ばす。視界が彼の手のひらいっぱいになったかと思いきや、その手は私の頭をぽんぽんと撫でた。

「本当に君は、見ていて飽きない」

「れ、玲司さん」

「悪かった。あまりにかわいくて、少し味見してしまった」

そう言って小さく唇を舐め、笑みを深める。

そんな彼の言動から、彼が求めているのがただの泊まり——今までもあった出張などのビジネス的な宿泊——ではないことが、はっきりとわかる。

意味を理解するにつれ、じわじわと歓喜とも羞恥《しゅうち》ともいえない不思議な感情で胸がいっぱいになる。私は役目として妻に指名されただけなのに、どうしてこんなにも甘やかに求めてもらえるのだろう？　でも、——求められていること自体は、素直に嬉しい。

私は膝の上でぎゅっと手を握り、そっと玲司さんをうかがいながら思う。

味見じゃなくても全然いいのに、って。

……いや違う。素直になろう。私がもっと、彼に近づきたいとそう思ってしまったのだ。

【二章】俺の秘書はかわいい（side玲司）

うちの秘書はかわいい。

俺は新幹線の横の席ですやすやと眠る愛おしい人を見下ろし、その綺麗な髪を指に巻き付けた。そうしてひと房すくい上げ、そっとキスを落とす。

なにをされているのか知らない心春は、穏やかに目を閉じて夢の中だ。まったく、人の気も知らないで。

「それにしても、本当に気が付いていなかったんだな」

俺の小さな呟きは、新幹線がトンネルに突入した走行音でかき消された。

初めて心春に会ったとき、彼女はまだ学生だった。就職活動の面接で、俺は面接官として彼女に出会った。

『森下心春と申します、本日はよろしくお願いいたします！』

緊張を帯びた初々しい声。もちろん、学生相手に恋愛感情など抱くはずもなく、あくまで公正にいち面接官として彼女と接した。

緊張に頬をやや青白くし、けれど真摯に真面目に自分の仕事と将来を語る姿に、ほかの面接官も好印象を抱いていたらしい。彼女は無事にホンジョーエレクトロニクスの営業アシスタント職として採用され、実際に実績を積み上げてきたのだという。

二回目に彼女の名前を聞いたのは、縁戚である浦田から、営業部内で起きているおぞましいいじめとセクハラ・パワハラについての訴えを聞いたときだった。

浦田とはそう親しいわけではない。俺の父方の祖母の従兄の……なんだったか、とにかく遠い親戚だ。俺の家が旧家というのがあり、法事などがやけに仰々しく執り行われる。その際にちらっと会話する程度の仲。うちの会社にも縁故ではなく一般採用だった。

そんな、入社して以来特に会話もしたことなかった彼女が顔色を蒼白にして、どうしても話を聞いてほしいと執務室に押しかけてきたのだった。

一連の問題を解決したあと、一度だけ心春と面談をした。さぞ溜飲を下げているだろうと思いきや、ホッとしている様子はあるものの、どうもすっきりした様子とは言い難い。それどころか、歯切れ悪くも決して彼らを悪くは言わなかった。

『なにか事情があるのかもしれないと……そう思ってしまうんです。優しくされていた時期も、その、あったので……』

あまりにも人のいい様子に面食らった。どうやら彼女は呆《あき》れるほど善人であるらしかった。

ただそこまでは、断言してもいい、恋愛感情なんか欠片《かけら》もなかった。

それが変化したのは彼女が俺の秘書に抜擢されてすぐのことだった。

米国企業に仕掛けられた敵対的ＴＯＢ。対応策はいくらでもあった。ホワイトナイト、マネジメントバイアウト……しかし役員会議は紛糾した。意見が一本化されない。ちょうど当時社長だった母親が持病の手術を控えていた。負担を与えるわけにはいかない。

俺がこの危機を乗り切らねばならない。

ひとりで。

真夜中の嵐の海に放り出された気分だった。

そうして、嫌でも考えてしまう。兄貴なら、きっとどうということもなくこの難局を乗り切るのだろうと。鼻歌でも歌いながら、悠々と大波を越えるのだろうと。

十歳年上の兄。神童と呼ばれ、文武両道のまま成長し、期待を背負ってうちに入社し、実際に実績を残したあとにふと辞めた。責任は果たしたと言わんばかりに。

今は独立し別の道を征くあの人ならば、どうしただろう。何度もスマホを握りしめた。もう何年も連絡を取っていない。直接会ったのは俺が中学のときが最後だ。そんな彼に縋《すが》りたかった。全てが俺の上位互換である兄に、どうすればいいのか道を示してほしかった。

しかし、なけなしのプライドが、劣等感が通話ボタンをタップさせなかった。

とにかく当時俺には一切の余裕がなかった。周囲に不安を抱かせないよう、堂々と振る舞いながら内心では迷子のように震えていた。誰でもいいから助けてほしかった。

なんで俺はこんなことをしているんだろう。まだ二十六だ、のんびり学生をやっている友人だっている。どうして俺ばかり、こんな責任を負わなくてはいけないんだ？

決して口にも態度にも出さなかった。矜持がそれを許さなかった。俺ならばと信任してくれている周囲の期待を裏切れなかった。従業員を守らねばならない。弱音は墓まで持っていく。

『副社長、こちらお時間あるときに目を通していただけますか』

余裕がなく必死だった俺は、ある日ふと気が付く。業務がやたらとスムーズだ、と。欲しかった資料に、必要な会議。指示する前に用意されていた。全てがあらかじめ手回しされ、段取りされ、俺が雑事に気をとらわれぬよう気を遣われていて。

デスクの資料をぱらぱらとめくる。かゆいところに手が届く資料——。

『これは、君が？』

心春に問えば、彼女はにっこりと微笑んだ。

舌を巻いた。そうして思い出す。彼女の学生時代、面接での心春のアピールポイント――『わたくしの強みは縁の下の力持ちに徹することができる点です』。なるほどな、と苦笑した。彼女は完璧な秘書だった。

なんとなく、負けられないなと思った。ここまで完璧に支えられているのに、倒れるわけにはいかない。

百パーセントの信頼が彼女の瞳にはある。どうしてそこまで信じてくれるのかわからない。俺は瑕だらけの、ハリボテみたいなやつなのに。

でも君のためにも、もう少し頑張ってみよう。嵐の海で見つけた、たったひとつの光。

折れかけていた俺は、そうして持ちなおした。そうやってできたほんのちょっとの余裕が、俺にパックマンディフェンスを選択させ、それが功を奏した。

しばらくのち、社長就任後に、ふたりでささやかな祝勝会をした。支え切ってくれた礼を言う俺に、心春は言った。

『とんでもないことです。わたくしにとって社長の秘書になれたことは生涯最高の誉れなのです』

『はは、ありがとう。でも大げさだな』

心春は綺麗な瞳で俺を見据え、背筋を伸ばしてはっきりと言った。

『大げさだなんて！』

『わたくしは、社長ほど頑張ってらっしゃる方を知りません。社長ほど真摯な方を存じ上げません。そんな社長を応援したいと、支えたいと思ってしまうのは自然なことではないでしょうか』

『そうかな』

苦笑する俺に彼女は熱心に言葉を続ける。

『そうです』

そうして彼女ははっきりと言った。

『あなたは世界一です』

『一体、なんの』

『決まってます、社長』

どこか不敵に笑い、心春は断言した。

『全てが、です』

なにが――と他人は言うだろう。俺は一体、なんの世界一なんだ。でもそれは俺が欲しかった言葉だった。

俺はずっと二番目だった。兄、全てが完璧な俺の兄。俺の上位互換。俺は彼がいなくなったから必要とされた、ただの代替品にすぎなかった。皆が内心そう思っている と、兄がいなくなった中学のあの日以降、そう感じて成長してきた。

初めて、自身の全てを肯定された。

ドクンと心臓が高鳴る。

欲しいと思った。目の前のこの女性が、どうしても欲しいと希《こいねが》った。俺のことを、俺だけを見てくれる人だ。刷り込みをされた雛《ひな》のように、俺はその日から彼女だけしか見えなくなる。

ただまあ、のれんに腕押しもいいところだったのだけれど。

誕生日に用意した薔薇《ばら》の花束は小分けにされ執務室や秘書室のかしこに飾られた。なんて綺麗な薔薇だとうっとりとしている心春と、『どうなってるんですか』という顔で俺を見る秘書課の面々。

いやまあ、はっきり言わなかった俺も悪い。悪いけれど、誕生日に薔薇の花束を渡されてなにも思わないのも変だろう？

食事に誘えばミーティングと勘違いされ、出張で同じホテルになっても『どうか休憩を優先させてください』と笑顔で部屋に押し込まれる。

最初はさりげなく拒否されているのかと凹んだけれど、それとはどうも様子が違う。明確に伝わってくる好意にいちいち心臓が跳ねる。そうやって有頂天になってはかわされて凹む。

『お慕いしております』とはっきり告げられたことだってあるのに――こんなに俺のことを好きだと言ってくれるのに、どうして俺からの感情は決して受け取ってくれないんだろう。

『あの、差し出がましいのですが』

ある日、秘書係長の香椎に言われた。

『どうした?』

『森下さんのことなんですが』

『……なにか問題でも?』

『私見ですが、森下さんも社長のことを想われていると思うのです』

思わずコーヒーを噴き出しかけた。そんな俺を見て香椎は言う。

『あの、こう言ってはなんですが、社長はその、大変わかりやすいと申しますか……』

『……そうか。すまなかった』

『いえ、社長のプライベートのことですので。ただ、人生の先輩からのおせっかいなアドバイスだと思って聞いてくださいますか』

にこりと笑って彼女は続けた。

『おそらくですが、森下さんは社長のことを慕いすぎて、半ば偶像化してしまっています』

『偶像化？』

『つまりアイドル的な存在といいますか』

『なるほど……』

心春の普段の様子を思い浮かべる。確かに、その節はありそうだった。

『いくらなんでも、社長が自分にベクトルを向けていること自体は薄々気が付いているはずです。恋愛的に好かれているんじゃないかって。だってこれ気が付かなかったら鈍すぎですよ。会長だってお気づきなのに』

俺はまたむせた。まさか母親にまで把握されているとは……！

『ハラスメントではないのかとご心配されていたので、森下さんが社長を慕っているのは間違いないと伝えておきました』

羞恥心で喉が詰まる。この年齢になってこんな事態になるとは想定もしていなかった。そうか、と答えるので精一杯だった。顔に出ていないといいが。

『森下さんは恋愛経験がないとのことで、そのあたりは自信がないのかもしれません。ただ社長からの好意がだだ洩《も》れなのは周知の事実です』

もうなんと言えばいいのか。

恋愛経験がないとは言わない。でもこんなに誰かに夢中になったのは初めてで、どうすればいいかわからなかったせいなのかもしれない。

無言で口元を押さえてしまった俺に香椎は咳払いし、言葉を続けた。

『で、本題なのですが……森下さんが素直に社長からの好意を受け取れないのは、変な話ファンサだと思っているんじゃないかと』

『ファンサ？』

『ファンサービス』

頭を抱えそうになった。そんな斜め上の捉え方をされているのか。

『なので、もっと直接的に伝えたほうがいいですよ』

『……なるほど。ありがとう』

香椎が退出した執務室で、ふむと俺は考える。なるほど、もっとはっきりと、か。

ただそのタイミングで繁忙期に入り、うまくデートなどの時間がとれなくなった。時間ができたら、すぐにでも告白しよう。ファンサなんかじゃなく、本当にひとりの男として君を求めているんだって……。

そうして食事に誘い、告白するつもりだった。母親から激励の電話が来たのには閉口したな、と思い出して苦笑する。

まあ心春だってさすがに薄々は気が付いているだろうから、そこまで驚きはしないだろうけれど……と、思っていた。あの日心春がきょとんと俺を見つめ、見合い話をするまでは。

「あれだけ好き好き言っておきながら、恋愛対象外はないだろ」

新幹線の車内、なんの夢を見ているのだか、ときおり瞼《まぶた》をぴくりとさせる心春に向かって呟く。

まさかお見合い相手を選出しようとしていただなんて。それを、結婚前提で交際を申し込もうとした席で言われるとは――まあ、それも心春らしくていいと思ってしまうほどに、俺は彼女に惚れ込んでいるのだ。

「落とすから覚悟しろ」

ふ、と笑って彼女の左手薬指を撫でる。俺はこっそりと隠し持っていたアクセサリーケースから指輪を取り出した。あの日、彼女に渡す予定だったエンゲージリングだ。

それを彼女の薬指に嵌め、そうして手を握った。

柄にもなく鼓動がうるさい。どんな反応をするだろうか。

この世で唯一、俺の感情を大きく揺さぶる彼女は——笑って、くれるだろうか。

そんな彼女を俺に落とすのは、きっと正攻法じゃ無理だ。あれだけわかりやすく、周囲の人間が皆気が付いてしまうほどに恋慕を示していたのに、自分は恋愛対象ではないと頑なに信じ込んでいた。

いつか、その理由を教えてくれるだろうか。綺麗でかわいくて魅力的な人なのに、どうしてか必ず自分を下げてしまう、除外してしまう思考の理由を。

そんな彼女だから、好きだと告げて押していくだけでは、きっと俺が本当に求めているものはもらえない。

好きだと告げれば、心春からも同じ言葉が返ってくるだろう。けれどその〝好き〟は敬愛だけだ。だからしばらく〝好き〟は封印することにする。心春から俺と同じ感情が返ってくるよう誠心誠意努力して、惚れてもらって、それからきちんと伝えたい。

さらり、とまた心春の髪を撫でた。艶やかな黒髪だ。眠っている顔は、いつもより幾分幼く見えた。

「かわいいな、君は」

ぽつりと呟いた。

心春はいつも俺を認めてくれる。コンプレックスでガチガチで、必死で前を向いて進むしかなかった俺に、純度百パーセントの信頼と尊敬を与えてくれた。

兄への劣等感に苛《さいな》まれていた俺を、くるんと愛情で包んでくれた。

それを失いたくないと思ってしまうのは、当然のことではないだろうか。失うのが怖いと思ってしまうのも、その前に手に入れておきたいと希ってしまうのも、自然の摂理だろう。

兄。——本城誠司《せいじ》。十歳年上の、本来ならば今、社長としてこの会社の跡を継いでいたはずの兄。

なにをしても敵わなかった。『お兄さんがあなたくらいの年の頃には』といつだって比べられていた。負けてたまるかと必死で足掻《あが》いてきた。兄があっさりと余裕たっぷりにこなす全てが、俺にとって必死で取り組まなければ成し遂げられないものだった。

なのに、兄は会社も家族も捨て『ごめん、やりたいことがある』と去っていった。そしてその世界でも成功を収めている。

それに比べて、俺は……。

「玲司さん」

鈴の鳴るような声に、ハッとする。いつのまにか目を覚ました心春がじっと俺を見つめていた。

「大丈夫ですか」

そう言って、彼女は俺の眉間に「失礼します」と手を伸ばす。

「もしかして、週明けの定例会のことでしょうか。あまり根をつめないでください」

俺が仕事のことで悩んでいると思ったらしい。少しひんやりとした指先で、たおやかな手つきで俺の眉間を撫でる。知らず寄っていたしわを伸ばそうとしてくれているのか。

心地いい。

「あ、し、失礼しました」

手を引こうとした心春に「いや」と小さく呟いた。

視線を向ければ、優しい心春の顔が見えた。誰よりも愛おしい人の慈しみが自分に向けられている。幸福すぎて、胸が詰まった。

「あれ？」

心春が指輪が嵌められた自分の指を見て、何度も目を瞬かせる。みるみるうちに、綺麗な目が見開かれ、瞳が潤んだ。

たとえ恋愛対象外でも、彼女が俺を好いてくれているのはまごうことなき真実だ。歓喜と幸福で胸が温かい。俺はそっと口角を上げた。

その翌週、俺は赤いネクタイを締めていた。ゲン担ぎだ。

商売人というのは信心深い人間が多い。その証拠に、世界的車メーカーしかり、最大手食品会社しかり、敷地内に神社を勧請《かんじょう》している日本企業は数多ある。俺はそう信心深いほうではないけれど、こういったちょっとしたジンクスはこっそりと持っていた。

商売とはときに人智が及ばない瞬間が必ずある。まるで嵐の大海原に投げ込まれたかのような瞬間が――そんなとき、一緒にそばにいてくれる存在がどれだけ心強いか、得難いものだと実感したか。

……そんなことを、俺は心春のご両親に熱弁していた。

「というわけです。俺にとって心春さんは唯一無二の存在なんです。急なことで驚かれたとは思いますが、どうか結婚のお許しをいただきたく」

心春の実家のリビング。俺はそこで心春のご両親に深々と頭を下げていた。

「そんな、本城社長。顔を上げてください」

お義父さんの慌てた声に顔を上げる。

「よかったな、心春。こんなに想ってくれる人にめぐりあ……心春？」

お義父さんの声に横にいるはずの心春を見ると、無言で唇を噛み、滂沱《ぼうだ》していた。

お義父さんは「なんだその男泣きみたいな泣き方……」と困った顔をしている。

「心春」

太ももの上できゅっと握られていた手に触れると、心春はこっちを向き「れ、玲司さん」と泣きぬれた声で俺を呼んだ。

「そ、そんなふうに言ってくださるなんて、もうここで死んでも悔いはないです……！」

「なにを言っているんだ。一生そばにいてくれるんだろう？」

俺が聞くと、彼女は一生懸命にこくこくと頷く。その輝く笑顔が愛くるしくてつい見つめてしまっていると、お義母さんが「あらあ仲良いのねえ」とからかうように笑った。

心春が落ち着いた頃、お義母さんが紅茶を淹れてくれて頭を下げる。手土産のケーキはかなり喜ばれてホッと息をついた。こっそりご両親の好みをリサーチしておいてよかった。

「ところで、式はいつ頃なの？」

「うーん、できるだけ早くとは思ってるんだけど」

心春の敬語以外の会話はかなりレアだ。すごくかわいい。早く俺もここまで気を許してもらえるようにならないと。

「そういえば、結婚式であれはしてもらうの？」

「あれ、とは？」

心春より速く俺は反応し、お義母さんを見つめる。心春が「はっ」と慌てたようにお義母さんを見つめる。

「お、お母さん。言わないで」

「どうして？　とっても素敵だしロマンチックじゃない。あなた大学の卒業旅行で見かけて以来、結婚式は絶対あんなふうにしてもらうんだって」

「いいから！」

あわあわと半ば席を立ちかけている心春に目をやりつつ、腕を組み記憶を探った。

「確か君の卒業旅行はヨーロッパに行ったと言っていたな」

「あ、あの、激安パッケージツアーで……」

「行先は確か、オーストリア、スロベニア」

「その話をしたのは一年以上前では？　さすが玲司さん……」

うっとりと俺を見る彼女の頭を撫で、よくよく記憶を思い返す。

「両国ともに古い教会が多い国だな。結婚式に遭遇してもなにもおかしくはない。が……当時大学生だった君の印象に強く残り、なおかつ〝あんなふうにしてもらう〟必要性のある結婚式」

軽く目を閉じ、それからまた開いて心春の顔を覗き込んだ。

「アルプスの瞳？」

びくっと心春が肩を揺らす。どうやら正解のようだ。

「スロベニアのブレッド湖だな。澄んだエメラルドグリーンで、アルプスの瞳とも言われている」

「でも、でも、玲司さん」

「湖に浮かぶ島には、教会が建てられている。階段の数は全部で九十八。結婚式で新郎が新婦を抱きかかえて上るのが慣習になっている」

白亜の教会に向かい、新郎に抱きかかえられるウエディングドレス姿の新婦は、確かに綺麗だっただろうな。そして心春もきっと綺麗だろう。

「わかった。任せてくれ」

「そんな」

心春は悲鳴のように言う。

「九十八段ですよ。しかも海外です」

「なにか問題があるのか？」

俺が言い切ると、心春は不思議そうにぽかんとした。なんで私なんかのために、と書いてある。

それは俺が君を愛しているからだよ、心春。俺はこっそりほくそ笑んだ。完全に逃げられないよう落として、そして俺からの恋情でがんじがらめにしてやるからな。

そんなわけで、翌七月の半ば、俺は心春を抱えて教会に向かって階段を上っていた。横抱きに、いわゆる〝お姫様抱っこ〟されている心春はこの上なく美しかった。シンプルなマーメイドラインのウエディングドレスが、夏のヨーロッパの爽やかな風に揺れる。俺は白のタキシードと革靴だ。『重いですって！　大丈夫ですって！』と言う心春をひょいと抱え上げ、ここまで歩いてきたのだ。

最初は緊張からか真っ赤になっていた心春だけれど、階段も半ばを過ぎた今、ようやく少し落ち着いてくれたようだった。ほう、と息を吐き少し目を細めているのは、景色を眺めているせいか。

「どうした？」

目線を落とし聞いてみれば、心春は「現実感がなくて」と呟いた。

「卒業旅行の話をしたのはたった一ヶ月前なのに、もうここで結婚式を挙げているだなんて」

そう言ってから「綺麗」と呟いた。俺も振り向く。

スロベニアの夏の陽射しで、湖面は翠に青に揺蕩《たゆた》いながら輝いている。針葉樹の緑が目に眩《まぶ》しい。アルプスの山々はまだ山頂に白く雪を頂いている。

湿度はそうないから、汗もほとんどかいていない。目線を戻せば、おとぎ話に出てくるかのようなかわいらしい白い教会が日に照らされていた。

「ああ。綺麗だ」

「ですよね。日本の光景とはまた違うなあ」

俺は目を瞬き、頬を緩めた。

「君が、だよ」

「え」

「君が綺麗だと言ったんだ」

心春が目をゆっくりと瞬く。透明感のある美しい瞳に、俺が映り込んでいた——身もふたもないほどに蕩けきった、恋する男の顔だった。

これでよく俺の感情に気が付かないよなあ。こんなに愛おしくて大切なのに。

「私、が？」

「ここにほかに人が？」

肩をすくめ、再び歩き出す。心春の手がきゅっと俺のタキシードを掴んだ。耳殻が真っ赤だ。愛くるしくてかわいらしくて、胸がきゅうっと締め付けられる。

「い、言われ慣れないので、その」

「そうか。なら慣れるまで言ってやる」

口角を上げると、心春は頬を綺麗な赤に染め、しおしおと眉を下げた。

「慣れたりなんてできません、きっと」

蚊《か》の鳴くような声で心春が呟く。俺は面白くなって小さく笑った。慣れてくれても嬉しいし、慣れずに初心なままでもかわいらしいなと思ってしまったのだ。

階段の上には、両家の親族が並んでいた。俺の母親がきゃあきゃあ言いながらスマホのレンズをこちらに向けている。あの人は格好つけてはいるが、基本的には〝関西のおばちゃん〟だ。おせっかいで面倒見がいい。そのせいで俺の恋愛ごとにも首を突っ込んできていたのだけれど……。もちろん〝飴《あめ》ちゃん〟だって常に持ち歩いている。

兄だけはいない。招待はもちろんした。だがどうしても外せないショーがあるのだと電話で本当に残念そうに言われた。あの人はファッションデザイナーなのだ。それも、世界的な。

フラワーシャワーに歓迎され、腕の中で心春が幸せそうに花びらに手を伸ばした。

「心春ちゃん、おめでとう」

近親だけの式だけれど、心春の強い希望もあって、遠縁の浦田紗彩《さあや》も招待していた。彼女の夫と息子もだ。

「浦田さん、遠くまでありがとうございます」

「とんでもない。それどころか旅行できてありがたいよ。……ていうか、玲司くん、いつまで心春ちゃんお姫様抱っこしているんですか」

呆れたような彼女の声に、軽くため息をついてから心春を地面に下ろした。

「離したくなかったんだ」

そっと耳元で小さく言えば、心春は先ほどよりも頬を赤くする。

今からふたりでの写真撮影のため、ゲストが先に教会に入っていく。スタッフに化粧直しをされている心春を見つめていると、ふと心春も視線をこちらに向ける。ばちりと交差する視線に、ドクンと心臓が大きく拍動する。心春は目を瞬き、それから頬をみるみる赤くした。

「な、なにか変でしょうか……っ」

「さっきから綺麗だと伝えているんだがな」

心春が目を瞬き赤い顔のまま少し拗《す》ねた顔をする。からかわれてるとでも思っているのか。

化粧直しが終わった心春と並び、カメラに視線を向ける。カメラマンは現地スタッフのため、心春には俺が通訳しながらの撮影となった。

「本当に素晴らしいです……！　日英仏だけでなくスロベニア語まで？」

おおよそだがスロベニア語を聞き取る俺を見て、心春がはしゃぐ。

「米国留学中、寮のルームメイトがスロベニア人だったんだ」

話すのは難しいが、簡単な指示を聞き取るくらいはできる——と、俺は心春を抱き上げた。心春が驚いて「わ」と目を瞬いた。

「抱き上げてキスをしてくれと」

「はあ、なるほ……キス？」

ぽかんとする心春の額にキスを落とし、そのまま耳元で囁く。カメラマンがシャッターを切る音がした。

「心春。今から俺たちは教会で愛を誓うわけなのだけど」

「は、はい」

耳殻が真っ赤だ。

初心な反応に心臓がときめく。……この年になってときめくもなにもないとは思う。だが、心春を見ていると頻繁に湧き上がる感情がある。その感情は、やはり〝ときめく〟以外に当てはまりそうにない。

とにかく俺は年がいもなく初恋のようにときめきながら、心春の耳元で小さく言葉を紡ぎ続ける。

「俺はそう信心深いほうじゃない。だから」

すっ、と呼吸をひとつ置いて続ける。

「だから、俺は俺の矜持にかけて誓う。──君を死ぬまで幸せにする。なにがあっても手放さない」

腕の中で、心春が小さくみじろいだ。

耳元から顔を離し、心春の顔をまじまじと見つめる。頬が血の色をすっかり透かして、初心に真っ赤に染められていた。

「ふ、かわいい」

思わず漏らした本音に、心春が眉を下げる。そうして潤んだ瞳で俺を見つめ、口を開く。

「わ、私も玲司さんを幸せにしたいです」

「俺を？」

「はい」

心春はにっこりと口角をかわいらしく上げた。

「玲司さんの幸福抜きに、私の幸せはあり得ませんから」

「──心春」

「ですので」

心春は真っ赤な頬で、しかし穏やかに嫋《たお》やかに微笑み言葉を続けた。

「一緒に幸せになってくださいませんか？」

「――ありがとう」

思わず告げた本心からの感謝に、心春はとても不思議そうに柔らかく目を細めた。


披露宴代わりの親族だけのホテルでの食事会のあと、俺たちは同じホテルの最上階へ向かった。この階にあるスイートルームを予約していた。観光シーズンにもかかわらず押さえることができたのは、僥倖としか言いようがない。

ウエディングドレス姿の心春が、そわそわとリビングのソファに座る。

全体的にアンティークであつらえられた、重厚で落ち着きのある調度だった。欧米の多くのホテルがそうであるように、照明は日本ほど明るくない。

ひどく静かな夜だった。窓からはやけに眩しい月が見えている。

「っあ、あの、それにしても」

心春はぱっと顔を上げ、明るく言った。

「さすがです」

「なにがだ？」

ソファの横に腰かけながら聞けば、心春は柔らかに微笑む。

「その、恋愛結婚のふり……といいますか。式でも披露宴でも、私たちが相思相愛だとすっかり皆さん信じ込んでらっしゃいました」

ふむ、と俺は小さく目を瞠る。

それにしても、以前も思ったけれど心春がここまで自分が俺の恋愛対象に入っていないと思い込むのには、やはりなにか理由があるのだろう。こんなにわかりやすく求愛し続けているというのに……まあ、好きという言葉を避けている俺にも原因があるか。

……いつか自分から話してくれたらいいと思う。そのときには、すっかり俺に落ちていてもらう予定だけれど。

そう考えながら彼女の髪を柔らかく撫で、微笑んだ。

「疲れているだろう？　もうシャワーを浴びて寝よう」

窓の外はすっかりと暗い。

朝がくれば、美しい湖とその向こうに広がるアルプスが眺められるはずだ。

おずおずと頷く心春を見つめ、ふと気が付いて「ああ」と微笑んだ。

「ドレス、ひとりでは脱げないよな」

「っえ、あの、えぇとっ」

ぱっ、と心春は立ち上がり首を振る。

「い、いえいえいえっ、そんな、玲司さんのお手を煩わせるわけには……！」

「手伝うよ」

そう眉を下げる心春を片手で抱き寄せ、頭にキスを落とす。

「そう言うな。――妻のドレスを脱がせるなんて、夫の特権だろ？」

面白いほどに心春が肩を揺らす。それほど明るくない照明でもはっきりとわかるほど、頬が赤い。愛おしさで胸が突き上げられる。

ゆっくりと背中を撫でた。リボンを解き、腰深く作られたファスナーを下げれば、ほうっと小さく心春が息を吐いた。サイズはぴったりのはずだけれど、さすがに苦しかったのかもしれない。

すとん、とドレスが床に落ちる。

「あ」

心春が恥ずかしそうに身を縮めた。その肩にキスを落とし、鼻先で首筋をくすぐる。

ウエディング用の真っ白なインナーを身にまとう心春は、信じられないくらいに綺麗で扇情的《せんじょうてき》だ。真っ白なレースのコルセットに、ガーターストッキング。パンプスは履いたまま。

清らかな新婦のための下着がたまらなく淫らで、ぞくっと背中が震えた。同時にぶわりと腹の奥が熱くなる。この人が俺のものになったという独占欲で息が苦しくなった。愛おしくてたまらなくて、けれど怯《おび》えさせないよう、邪な感情をすっかり隠して頬にキスをして笑ってみせる。

すぐさまバスローブを着せて、また頬にキスをした。淫らすぎる下着姿をこのまま見ていたら、きっと理性なんかかなぐり捨てて押し倒してしまう。

心春はじっと俺を見つめている。潤んだ瞳のまま、心春が俺の服の裾をきゅっと掴んだ。

「……あの、その……っ」

思わず息を呑んだ。ああ、心春はここで俺に抱かれる覚悟があったんだなと思う。

ぴくっと手が動く。このままバスローブを脱がせてしまえばいいと、頭のどこかで本能が囁く。

ふ、と笑って心春を抱き上げた。そうして言い聞かせるように口を開く。

「指先が震えている」

「え？　……あ」

心春自身、気が付いていなかったのだろう。自分で指先を見下ろし、目を丸くしていた。

「緊張している？」

「あ、はい、ちょっとだけ、その」

真っ赤な顔で、健気に眉を下げて笑う心春のことを、とても大切だと思う。愛おしいと思う。慈しみたいと思う。だから。

「今日は、風呂に入ってもう寝よう」

「え？」

「疲れているだろう？」

俺はそっと心春を床に——バスルームの前に下ろす。

「あ、えっと、その」

目線をうろつかせる心春の顎を優しく掴んだ。そうして触れるだけのキスを、ようやく、最愛の妻の唇に落とす。結婚式でさえ、頬にした。大切な初めてのキスを、人前で交わすことに抵抗があった。

「……っ！」

目を丸くする心春の頬をくすぐり、それから笑ってみせた。

「心春。本当は今すぐにでも君を抱きたい」

「ええっ」

心春の頬が真っ赤に染まる。笑ってしまいながら、愛おしい人の頬や額や頭にキスをした。

「でも君には少し早いみたいだな？」

そう言って彼女の指先に触れる。ひんやりと冷たいのは、緊張しすぎているせいだろう。

「そ、そんな」

困ったように眉を下げる心春を軽く抱きしめる。

「待つよ。君に無理はさせたくない」

君の心が決まるまで、……君が俺に落ちてきてくれるまで。

心春が俺を見上げる。泣きそうな瞳がとても愛おしいと思う。

そうして初めて、同じベッドで眠った。

……といっても。

「眠れないのか？」

俺だって眠れないくせに、からかう声音で心春の頬をつつく。心春は眉を下げ、布団を口元まで上げて「だって」と呟いた。

「緊張するに決まってるじゃないですか……」

「はは、かわいいな」

そう言って、彼女を抱き寄せて唇にキスを落とす。また、触れるだけのもの……これくらいは許してほしい。

「な、なんで」

心春はそう言って自らの唇に触れる。俺は片方の眉を微かに上げた。

「ん？」

「なんで、キス、を……してくださるのですか」

俺は目を瞬き、ふはっと笑った。

「したいから」

「え、ええっ」

いちいち驚く反応がかわいい。

「君がかわいすぎるのが悪い」

「か、かわいくなんか」

「かわいいよ」

そう伝え、何度もキスを繰り返す。愛していると気持ちをこめて、何度も、幾度も唇を重ねる。

かわいらしくて、つい下唇を食《は》んでしまう。途端に、心春が「玲司さん」と蚊の鳴くような声で俺を呼んだ。

「は、恥ずかしいです」

軽く目を伏せた姿はひどく情欲を誘う。羞恥で涙目になっていた。

「恥ずかしがる君もかわいいな」

「そ、そんな……ことは」

慌てる心春の頬にキスをして告げる。

「なあ、心春。いつか教えてくれないか？　君に自信がない理由」

「え？　自信……なら、ちゃんとあります。入社してから皆様に褒めていただけるし、玲司さんも認めてくださって。感謝しかありません」

「それは仕事面でだろう？」

髪の毛をさらさらと撫でる。

「君はかわいいのに、それを褒めるとかえって自信をなくしていくように見える」

「そ、んなことは……」

うろつく視線から、やはりなにか理由があるのだとわかる。けれど彼女がそれを口にしたくないと思っていることも。

「言いたくないならいい。いつか、その気になったら教えてくれ」

そう言って、また唇をついばんだ。キスをするのが、もう何度目かもわからない。飽きることなく、俺たちはただ唇を重ね合う。

「玲司さん」

心春がうっとりと俺を呼ぶ。その甘えが滲む声に、必死で恋慕の色を探した。

なあ心春、どうか俺に恋をして。

目が覚めると、もう明け方だった。窓の外で朝日が滲んでいる。

ふと腕の中の温もりに目を向ける。すやすやと眠る心春の頭に頬ずりをすれば、現実感が遅れてやってきた。本当に好きな人が、ようやく俺のものになったんだな。

心春は疲れ切っているのか、起きる気配がない。しばらく髪を整えてやったり、頬を指でつついたり、そっと唇にキスを落としたりしているうちに、俺にも睡魔がやってきて、再び眠りに落ちていった。

【三章】推しと新婚生活（side心春）

目が覚めると、すっかり明るくなっていた。

「はっ」

私は大きく息を吐いて、ベッドで身体を起こす。

隣に玲司さんの姿はない。慌てて時計を見てみれば、すでに十時半を過ぎていた。

「寝すぎました……っ」

今日は一日、ホテルでのんびりしようと事前に言われていた。とはいえ、こんなに寝過ごすとは……玲司さんにご迷惑をかけてしまった。朝食はもう食べただろうか？

急いで服を着替えて、と思って視線をうろつかせる。けれど広いベッドの上には真っ白な寝具だけだった。昨夜、服はどこで脱いだんだっけ……？と、頬に熱が集まる。

「わ、私、玲司さんと……キ、キス……」

両手を頬に当てて、大きく目を瞬いた。

結婚したのだから、抱かれるのかもしれないと覚悟していた。だけれど、玲司さんは緊張していた私を見るに見かねてか、待つと言ってくれた。

けれど、あんなふうに優しく慈しむようなキスをされるだなんて、想像もしていなかった。頭を撫でる男性らしい指先だとか、触れるだけの口づけの心地よさだとかがまざまざとよみがえる。

「どうしよう」

唇に触れ、思わずひとりごちた。心臓がばくばくとうるさい。

キスだけでこんなふうになってしまうんだ、その先だなんて想像もできない。

玲司さんと、今までと同じように接することができるかな。どきどきと胸が高鳴る。

もちろん今までもときめいてきたのだけれど、もう数えられないほどにときめき尽くしてきたのだけれど、なんだか……婚約したあたりから、ちょっとずつちょっとずつその〝ときめき〟の種類が変わってきていて、それが昨夜で決定的に形を変えたような気がした。

「起きたのか」

がちゃりとドアを開き、玲司さんが寝室に入ってくる。微笑む彼はすでにしっかりと着替えていた。シンプルなシャツとジーンズ。シャツの袖はまくられていて、腕の筋肉がお昼近い午前中の陽射しで影を作る。

「あ、お、おはようございます……！」

必死でシーツをかき集め、身体を隠した。なにしろあられもないバスローブ姿だ。

玲司さんは「ふ」と笑い、こちらに歩いてくる。

「そういう仕草も本当にかわいらしいな」

「か、かわいくなんか」

玲司さんは優しく笑う。

「君が自分がかわいいと自覚するまで、耳にたこができるくらい言い続けよう」

「そ、そんな」

耳にたこが！　そんなふうになるまで聞かせられて、私の心臓は持ってくれるのだろうか。

ひとりあわあわとしている私に、玲司さんは「ああそうだ」と言って微笑む。

「朝食を頼んだから、着替えはあとにして、もう少しリラックスしているといい」

「でも」

いいから、と玲司さんは少し意地悪そうに、でも爽やかに笑う。

「それとも着替えさせてやろうか？　昨日みたいに」

「だ、大丈夫です！」

私は叫び、バスローブを玲司さんに取られまいと抱きしめた。

「だめか？　昨日はさせてくれたのに」

「れ、玲司さん……っ」

「はは、冗談だ」

片手を上げて玲司さんは部屋から出ていく。ああ、もう、恥ずかしくてたまらない。でも妙にくすぐったくて、甘い。

顔を手で仰ぎながら、玲司さんを追いかけリビングルームに向かう。アンティーク調の家具で統一されたそこに、玲司さんの姿はない。ふと玄関のほうから――といってもドアをひとつ隔てているけれど――物音がした。

「ちょうどよかった。今朝食が届いたんだ。あられもない君の姿を見られるのが嫌で、配膳は断った」

そう言って、ホテルマンのように銀のサービスワゴンを押して彼が部屋に入ってくる。

ぽかんとした。次の瞬間、跳ねるみたいに駆け寄った。

玲司さんになにをさせているの、私は……！　彼の役に立つことこそが、私の矜持、私の誉れ！　なのに！

「代わります！」

「いやだ」

さらりと玲司さんは言って口角を上げた。

「さあベッドに戻るといい。俺のお姫様」

「おひ……？」

耳が壊れたかもしれない。目を瞬く私の頬に、玲司さんがキスをする。

「まったく、かわいいな」

喉元で低く彼は笑う。心臓が肋骨から飛び出るかと思うくらいに破壊力のある笑顔だった。

かっこよすぎる上に、かわいすぎる。この人、私を笑顔で殺しにきている……！

彼がこんなふうに笑うことを、玲司さんをクールで不愛想だと思っている会社の人たちは知らないだろう。

なんだか、玲司さんを独占しているような気分になってくる。きゅんとしすぎて思考能力を奪われた私は、ただ玲司さんに促されるままベッドに戻……って、あれ？

「朝食なのでは」

「ここで食べよう」

玲司さんはベッドを示す。

私は小さく息を呑む。なにそれ、映画みたい……！

明らかに喜びが顔に出ていたらしい私に、玲司さんはどことなくホッとした様子を見せた。

玲司さんがセッティングしてくれたベッド用のテーブルの上に、次々と朝食が並べられていく。鮮やかな橙《だいだい》色のフルーツジュース、定番のオムレツ、数種類の生ハムとウインナー、ナッツが混ぜ込んであるスープからは甘い香りがする。

特に目を引いたのが、卵とフレッシュな野菜たっぷりのガレットと、みずみずしいトマトや、日本ではあまり見かけない少し分厚いハムが挟まったサンドイッチだ。

パンの色も真っ白ではない。全粒粉でも使ってあるのかな？　――と、違う！

「れ、玲司さん。朝食は」

「まだだ。一緒にいただくよ」

そう言って私の横に座る。もちろん料理もふたりぶんちゃんとある。

「申し訳ございません。配膳までお任せして――もしかして、朝食かなりお待たせしたのでは」

「いや、俺も起きてそう時間は経っていないんだ。――昨日は遅かったからな」

そう言って彼は私の首筋をくすぐる。注がれる視線がやけに艶を帯びたもので、何度も繰り返された口づけを思い出し頬を熱くしてしまう。ふ、と玲司さんが笑う。

「顔が赤いぞ」

「だ、だって」

私は挙動不審気味に目線を泳がせる。そんな私に玲司さんはキスを何度もしてくる。

「すまない、かわいらしくて止まらない」

そう言って目を細める彼の目があまりに熱いもので、どうしてか、腰のあたりが甘く疼《うず》く。慌てて視線をテーブルに戻した。どきどきと鼓動が速まっている。

「あ、えっと、そういえばなんでガレットなんでしょう」

要は蕎麦粉《そばこ》のおかずクレープ。おいしいし好きだけれど、確かフランス料理だ。

「スロベニアは主食のひとつが蕎麦なんだ」

「えぇっ」

蕎麦といえば和のイメージな私は目を瞠る……と、そもそもガレットだってフランス料理か。ヨーロッパでは、蕎麦はよく食べる穀物のひとつなのだろう。

「この国では蕎麦がきにしたり、パンに混ぜたりすることが多いそうだ。ほら、このパンも」

「ああ、それで色が……全粒粉なのかと思っていました」

私は手を合わせ、さっそくサンドイッチをいただく。かぷりと噛むと、確かに蕎麦の風味がする。それがハムやトマトや野菜と上品にマッチしている。

「おいしい」

「心春」

玲司さんが私の口元に手を伸ばし、拭った。離れていった指先に、マヨネーズがついていた。

「す、すみませんっ。お見苦しいところを……！」

「いや、悪い。俺が君の世話を焼きたいだけだから」

そう言って玲司さんはぺろりと指を舐めた。ひいと声が漏れる。推しが私の口についてたマヨネーズを舐めているう……！

「うまいな」

「で、ですよね」

自家製なのか、こちらのスタンダードなものなのかわからないけれど、このマヨネーズも絶品なのだ。シンプルな料理だからこそ、ごまかしがきかないのかもしれない。

「ひと口、食べさせてくれないか」

私は「もちろんです」と頷き、ナイフでサンドイッチを切ろうとする――と、手を優しく押さえられた。

「直接」

「直接？」

意図がわかりかね、首を傾げる。玲司さんはじっと私の目を見て口を開いた。

「君がこのサンドイッチを持ち、俺の口元に運んでくれればそれでいい」

「そ……れは」

ぽかんとしたあと、頬が一気に赤くなる。い、いいいいいい今なんて！

「つまりあーんしてをしてくれ」

きゃあ、なんて黄色い声で叫びそうになって耐える。私が玲司さんに『あーんして』を……⁉

玲司さんはじっと黙って私を待っている。

「う、うう」

どきどきしすぎて心臓が唇から飛び出そう。ちょっと涙目かもしれない。そんな私を見て玲司さんが呟く。

「苛《いじ》めたくなる、ってこういう感情なんだな……」

「ひ、ひどいです玲司さん」

「いい意味でだ」

「いい意味もなにもありません」

熱い頬で唇を尖らせた私に、玲司さんは目を柔らかく細める。そうして「だめなのか」ととっても残念そうな声で言う。

「れ、玲司さん」

「俺は君と新婚らしいことがしたいのに」

「新婚らしいこと……？」

私は首を傾げ、それからぐっと腹に力をこめた。

そうか、そうだったのか、玲司さんは新婚らしいことがしたかったのか……！

「そういうことなら致し方ありません……！　不肖この森下、全身全霊で『あーんして』を遂行させていただきます！」

思い切ってサンドイッチを口元に運ぶ私に、口を開きつつ玲司さんは苦笑する。

「ん、なんかまた誤解しているな」

「誤解とは？」

ぱくり、と玲司さんがサンドイッチを口にする。つい口元を凝視してしまった。綺麗な歯並びに、薄すぎず厚すぎもしない唇。なんて上品にサンドイッチを咀嚼《そしゃく》するのだろう。

照れるのも忘れて、推しが目の前で食事をしているのを凝視してしまっていると、玲司さんが「君とだからだぞ」と念を押してくる。

「はっ、ええと、な、なにがでしょうか」

「君とだから新婚らしいことがしたいんだ」

「……私、と？」

「そう、君と」

まっすぐな瞳に目を逸らした。それは、一体どういう意味なんだろう。

ただひとつわかるのは、心臓が鼓膜のそばにあるのではと思ってしまうくらい、鼓動がうるさいということだけだった。

そんな遅めの朝食後、ブレッド湖の遊歩道やホテルの庭を散策したり、のんびりお茶をしたりして過ごす。

湖が見えるカフェのテラスでケーキをいただいていると、ふと玲司さんが口を開いた。テラスは貸し切りにしてあって、とても静かだった。ときおり観光客の喧噪《けんそう》と、湖の波音、それから鳥の声が風に乗って聞こえてくる。落ち着いた雰囲気についつい
リラックスして、あんなに寝たのにまた眠くなってくる。

「ところで新婚旅行はどこに行きたい？」

ごくん、と濃厚なチョコレートケーキを飲み込んだ。ん？

「玲司さん。申し訳ありません、私の認識と違いましたら恐縮なのですが、この旅行は新婚旅行ではないのですか？」

ざあ、と夏の欧州の爽やかな風が吹く。碧《あお》い湖面にさざ波が起きて、きらきらと陽の光を反射した。

「明日には帰国するんだぞ？　もっとゆっくりしたい」

私は納得して頷いた。帰国してすぐに会議と視察が目白押しになっていた。

玲司さんはいつもお忙しいし、こんな機会でないと長期は休みにくいのだろう。

「ではどういったプランがご希望でしょうか」

私は脳内でスケジュールを確認する。あの視察を前倒しして、決済と会合を早めにしておけば、おそらく冬頃は連休にできる。

「また誤解しているだろ」

玲司さんはコーヒーを口に含み、こくんと飲み込んでから続ける。

「君とゆっくりしたい。心春」

また〝私〟だ。どうして……？

一瞬、玲司さんが私のことを恋愛的に好きなのではと思って、慌てて否定した。そんな自意識過剰はいけない。あのことを忘れたの。すごく恥ずかしかったし、みじめだったじゃない。

……昨夜、玲司さんが私に自信がないことを心配してくださっていたけれど、全然大したことじゃない。高校生のとき、仲のいい男子がいた。仲がいいと思っていたのは、私だけだったみたいなのだけれど、とにかく私は彼に恋をしていた。彼はいつも私のことを『森下ってほんとかわいいよな』と言ってくれていたし、きっと彼も私のことが好きなんだと思っていた。

でもある日、彼は私の友達、乃愛《のあ》と付き合うことになった。

笑顔で祝福しながら、胸の内はざわざわしていた。なんで、あんなに〝かわいい〟って言ってくれてたのに。胸を締め付ける、鋭くてずきずきする気持ち。

理由はすぐ知れた。彼が男友達と雑談していたのをたまたま耳にしたのだ。それも、乃愛と一緒にいるときに――。

『お前、絶対森下さんのこと好きなんだと思ってたよ』

静まり返った廊下を歩いていて、放課後の教室から聞こえてきた自分の名前に足を止める。

『そうそう。よくかわいいなんて言っていたし』

『……あー。あれは』

彼は苦笑して続けた。

『犬とか猫とかに言う感じの、かわいい』

『そういう意味かあ』

『確かにちょっと森下さんって小動物みがあるよな』

『うん、そういう意味でかわいい。女としては見れないかも』

『ああ、わかる。小走りしてたりするときゅんとするよな』

悪口じゃなかった。むしろ自分の容姿を客観的にポジティブに褒められていたと言っていいのかもしれない。でも傷ついた。めちゃくちゃに傷ついた。

そんな私に乃愛は笑って言った。

『心春、もしかしてだけどさ、勘違いしちゃってた？　あいつから好かれてるって？　自分のこと、客観視したほうがいいよ。友達として言うけど、そういう勘違い、痛いからさ』

……と。

笑顔にも見えるその表情には、明確にこう書いてあった。『うっわ、かわいそう』って。

笑ってごまかしながら、私は骨身にしみて理解した。

私に向けられる〝かわいい〟は〝そういう意味でのかわいい〟なのだ。

だから、勘違いしちゃいけない。

「心春？」

玲司さんの声に我に返る。心配してくれている彼にこれを伝えたほうがいいのかな？　でも自分が妻に選んだ女が、ほかの男からは大して評価されていない痛い女だというのは、もしかして面白い話ではないかもと思うと、どうにも口が重くなる。

「私とでよいのでしょうか」

「ほかに誰と新婚旅行に行くんだ」

玲司さんは優しく眉を下げて私の頭を柔らかく叩く。私も笑った。確かに、新婚旅行なのだものな。

「どこがいいでしょうね」

「そのためには、子作りはもう少し先だな」

「げほげほげほ」

思わずむせてしまう。こ、こんな爽やかなところでなにを……っ。

「どうしたんだ？　お互いのライフプランのためにも、こういう話は必要だろう？」

「そ、そうですがっ」

玲司さんが真面目にこんな話をしてくださっているのはわかってる。わかっているけれど、いざ夫となった人からこんな話を聞くのは……！　だって私、いつかは玲司さんとそんなことを……！　キスだけでいっぱいいっぱいだったのに！

「妊娠していると旅行はちょっとな……なにがあるかわからないし心配だ。ああでも、君が早く子どもを産みたいというのなら」

うちの会社は産休も育休もしっかりしている、と玲司さんは目を細めた。うん、それはそうなのだけれど。

「い、いえ。授かりものですからわかりませんが、けれど今すぐに欲しいというわけでは」

「なら少し余裕を持とう。昨夜も言ったけれど、君に無理はさせたくないんだ」

そう言う玲司さんに、おずおずと頷く。

恥ずかしい反面、ちょっと嬉しい気持ちにもなった。玲司さんとの子どもなんて想像もしたことがなかったけれど、きっとすごく愛おしくて、かわいいんだろう。

「……嬉しそうだな」

「あんまり考えたことはなかったんですけど、私、赤ちゃん楽しみです」

玲司さんは目を丸くして、それから笑った。

「俺もだ」

少し気恥ずかしくて、くすぐったい気持ちでいっぱいになって、湖に目を逸らす。

玲司さんが私の頬を撫でる。そっと目を向けると、とても優しい瞳をしていた。

ゆっくりと唇が近づい──たところで、スマホがけたたましく鳴った。

「誰だ」

玲司さんが残念そうな顔をしてスマホを取り出す。そうして一瞬、ほんの一瞬だけ目を瞠り、けれどすぐに表情を平素のものに──つまり、クールなものに──変えて通話に出た。

さっきまでの優しく穏やかなものから一変した表情と雰囲気に知らず背筋を正す。

仕事のことだろうか。よほどの緊急でない限り連絡しないよう手配をしていたのに。

けれど聞こえてきたのは「どうした、兄貴」という玲司さんの言葉だった。

お兄様?

玲司さんにお兄さんがいるのは婚約前からもちろん知っている。現在はデザイナーをされている誠司さんだ。ファッションに疎い私でも名前を知っていたくらいだから、相当の有名人だ。まさか玲司さんのお兄様だとは夢にも思っていなかったけれど。

それにしても、と内心首を傾げた。お仕事モードのときと同様に、冷徹なまなざしとクールな雰囲気。……とても家族に向けられるものだと思えなかった。

なにかあったのかな。

踏み込まないほうがいいのかな。

頭の中でぐるぐると悩みながら、通話をする玲司さんを見つめている間に、通話は切れたようだった。

「おい兄貴、そんな急に……切りやがった」

私は目を瞬く。玲司さんのそんな言葉遣いは初めて聞いた。まるで高校生くらいの気安い雰囲気の口調。少しホッとした。お兄さんに対して壁はあるものの、嫌いだとか恨んでいるだとかそんなわけではないようだった。年齢が十歳離れているそうだから、私の想像する〝兄弟〟とは少し関係性が違うのかもしれない。

玲司さんが顔を上げ、微かに困った表情を浮かべる。

「心春、すまない。実は兄が、どうしても挨拶がしたいと」

「え、も、もちろん私もです。なかなかお会いできなくて申し訳なく思っていて」

「あの人が忙しいせいなんだから、君が気に病む必要はない」

そう言ってから、不服そうに腕を組む。

「ここまで来るそうだ」

「え」

私はぽかんと玲司さんを見つめる。

「ここまで……って。お兄様、ミラノでショーがあったんじゃ」

「昨日までな。少しスケジュールに余裕ができたらしい。連絡するのを忘れていて、もうこの近くまで来ているそうだ」

「そうなんですか」

目を丸くする私に、……というよりは独り言のように彼は呟く。

「まったく、勝手なやつだよな」

少し寂しそうにも、羨望《せんぼう》が混じっているかのようにも見える表情だった。

その後ほんの数分で、ウエイターさんに案内され、玲司さんのお兄様、誠司さんがやってきた。写真やテレビで見かけたことはあったけれど、実際に並ぶと驚くほど顔立ちがそっくりだった。ただ、丸い眼鏡をかけていて、玲司さんよりほんの少し背が低く、髪が少しだけ長い。それを後ろで無造作に結んでいるのが洒脱な雰囲気によく合っていた。

「れーじー！　本当におめでとう」

誠司さんはテラスに入ってくるなり大きく両手を広げ、玲司さんに抱きついた。そうして頬を両手で包んで「あれ」と目を丸くした。

「ずいぶん大人びたな」

「……最後に会ったのは俺が中学生のときだろう」

「まあな！　はは、声変わりしているのは電話で知っていたけれど、直接聞くのは変な気分だ！　はっはっは」

底抜けに陽気な雰囲気に圧倒され、私は挨拶をしようとテーブル横に立ったまま、まじまじとふたりを見つめてしまった。兄弟でもこんなに性格が違うんだなあ。

「おお、君が心春さんか！」

誠司さんはぱっと玲司さんから離れ、今度は私のほうにやってきて両手をぱっと握る。目を白黒させている私に、玲司さんそっくりの顔で快活に微笑んだ。

「玲司と結婚してくれてありがとう！　玲司は本当にかわいいから愛しがいがある！

そうだろう？」

目を瞬く私に、誠司さんは続ける。

「昔から玲司は学業も優秀で、努力家で、真面目一徹で。そんなところが心配でもあったんだけど、そうか」

誠司さんの両目が潤む。

「こんなに素敵なお嫁さんをもらうくらい、大きくなっていたんだなあ」

その目からは、はっきりと弟に対する愛情が伝わってきた。私は息を吸い、背筋を正した。

「お義兄様！　玲司さんは必ずわたくしが幸せにいたします……！」

「そうか、そう言ってくれるのか。ありがとう……！」

「……ふたりで感動しているところ申し訳ないが、ウエイターが困ってる」

離れろ、と玲司さんが私と誠司さんをべりっと擬音が出そうな感じで引きはがす。

「ん？　ああ、すまないね」

そう言って誠司さんは微笑み、流ちょうな英語でウエイターさんにワインを注文した。

「スロベニアはワインの国なんだってさ。飲んだ？」

玲司さんの横に腰かけながら誠司さんは言う。

「食事会でいただきました」

「ああ、本当にごめんね。式には間に合わなくとも食事会にはと思っていたんだけれど、スケジュールが厳しくてね……、ん、ありがとう」

ウエイターさんからワイングラスを受け取る誠司さんに、玲司さんは軽く眉を寄せた。

「また昼間からそんな重そうなやつを」

「まあまあ、そんなお堅いことを言うなよ。ほらこれ、心春さんに」

誠司さんはそう言って持っていた紙袋から箱を取り出した。ちょっと大きい。お礼を言って開けてみれば、綺麗な青のストールだった。

「それ、うちの新作。日本未発売だからレアだよ。色はサムシングブルー意識して青にしてみたんだけど、どうかな」

「わ、うわ、あ、ありがとうございます」

そもそも誠司さんのブランドのアイテムは、洗練されていてなおかつ遊び心満載なところもあって人気が高い。当然お値段だって高価だ。ひたすら恐縮する私に、誠司さんは「巻いてみてよ」と気楽そうに笑った。

「は、はい」

とりあえず適当に首に巻く。薄手なのに暖かい。これは秋口から大活躍しそうだ……とストールの柔らかな触り心地を堪能している私に、誠司さんはにっこりと笑い言った。

「うん、かわいいよ」

ストレートな言葉だった。目を瞠る私と、無言でコーヒーを飲み干す玲司さん。誠司さんはにこりと笑って立ち上がった。

「さて、会えてよかった。今からパリでね、悪いけれどここで」

「あ、は、はい。わざわざありがとうございました！」

立ち上がり頭を下げる私と、「気を付けろよ」とぶっきらぼうに言う玲司さんに手を振って、誠司さんは去っていった。

「……悪かったな。騒がしいんだ、兄は。昔からずっと」

「いいえ！　明るくていい人ですね」

こんな素敵なものまでいただいてしまったし、とストールを外しながら言うと、玲司さんはじっとストールを見つめて呟く。

「気に入ったのか、それ」

「もちろんです！」

「……そうか」

そう言って玲司さんは湖のほうに目を向けた。きらきらしい湖の色は、このストールの青によく似ていると思った。

その後ホテルに戻り、戻ったと思えばすぐに抱きしめられた。

「玲司さん？」

「……俺が一番君をかわいいと思っている」

「……なにかありましたか？」

少しだけ、ほんの少しだけ表情が焦燥を滲ませているような気がして、玲司さんの頬に手を伸ばす。

玲司さんは微かに眉を下げ、そのまま私にキスを落としてきた。昨夜みたいに、何度も、何度も……ベッドに組み敷かれ、頬を両手で包まれて、そうして昨夜よりも深いキスを重ねる。

呼吸がうまくできず、酸素を求めて開いた口の中までも貪《むさぼ》られて……。気が付けば、ただうっとりと彼からの口づけを受け入れていた。

その間ずっと「かわいい」と言われ続けて、私はなんだか不思議な気持ちになる。

もしかして玲司さんの言うかわいいには、ほかになにかきっと、素敵な意味があるんじゃないかって。それがわかれば、この胸のときめきが以前とは違うときめきに変わった理由にも気が付けるような、そんな気がした。

帰国した当日にはもう会議が組まれていたけれど、玲司さんがファーストクラスをとってくれていたおかげでとても元気だ。なんなら私がひとり暮らしをしていたワンルームマンションのベッドより寝心地がよかったくらいだ。

そのマンションからはすでに引っ越し作業が完了していて、今日からは玲司さんと暮らす。都内の閑静な住宅街にある一軒家だ。投資目的でご親戚が建てられていたのを譲っていただいたのだそうだ。

『当面はここで、落ち着いたら改めて新居を探そう』

結婚前のこと。この家を見に来たときにそう言われ、目を剥いた。

『こんな素敵なお家ですのに？』

広々とした玄関、フットサルくらいなら軽々できそうなくらい広いリビング。一般住宅で二階に続く階段の角度がここまで緩やかなのは余裕があるからのひとことに尽きる。白を基調とした調度品は天井まである大きな窓からの陽光で輝いていた。お庭は生き生きとした芝生が敷き詰められ目に眩しい。

『君の希望を全部詰め込んだ家が建てたい』

『私の希望を申しますと、ここまで広くなくてよいのではないかと』

『なぜ』

『掃除と管理がしづらいので』

ふむ、と玲司さんは首を傾げる。

『ハウスキーパーを雇う予定だが』

『それは大変ありがたいご提案です』

正直、働きながらこれだけの家を管理するのは骨だなと考えていたのだ。

『ほかに要望は？』

『……水回りが綺麗であればいいなと。あと少しでいいので、家庭菜園というか、土いじりできるスペースがあれば』

首を傾げる私を、玲司さんはじっと見つめている。

『も、もうありません』

そもそもイメージが湧かなかったのだ。だって、彼と結婚すること自体に現実感なんてなかったのだから。――そのとき、は。

「わあ……どうしましょう」

私はリビングの座り心地のいいソファで頭を抱えていた。玲司さんが買ってくれたもこもこの部屋着の柔らかさに癒やされつつ、はあ、と息を吐く。

スロベニアにいる間はどこかふわふわしていた感覚だったけれど、仕事をして帰宅するとさすがにはっきりと突き付けられる。これ現実だって……。

「どうした、神妙な顔をして」

「い、いいえ……というか玲司さん」

私は立ち上がり、彼と向き合う。玲司さんは……エプロンをつけていた。

「料理は私が！」

「いや、疲れているだろう？」

「それは玲司さんも同じなのでは」

飛行機で今朝空港に着き、そのまま出社して――さすがに早く帰宅したから、まだ窓の外には夕陽が見えていた。玲司さんはワイシャツを腕まくりし、スラックス姿のまま手早く料理を作ってくれている。

「男と女じゃ体力が違うだろ」

端的に断言され、とはいえ本当のことなのでうまく言い返せない。玲司さんは穏やかに笑う。

「俺は君を甘やかしたい。好きなようにさせてくれ」

「ですが……」

私は眉を下げてしまう。

「じ、じゃあ、手伝うくらいはさせてください」

「わかった」

私は頷き、食器棚からコップやお皿を取り出していく。

「まだ食器がガラガラだな」

ふと隣に立った玲司さんが、大皿を取り出しながら言う。

「少しずつ増やしていこう」

そう言う彼の目が優しくて、本当に慈しみが深くて、私はこくこく頷いた。

なんだかとっても素敵な未来が待っているような気がした。


翌週になると、浦田さんが秘書室まで来てくれた。

「素敵な式だったー。もうほんっとに。しかも地中海周遊までプレゼントしてくれるなんて。本当にありがとう」

結婚式に来てくれた方々に、玲司さんは旅行をプレゼントしていたのだ。お義父さんとお義母さん――つまり、会長夫妻――はお忙しいとのことで、私たちより早く帰国してしまったけれど。

私は書類を整理する手を止め、「いえいえ」と手を振る。

「玲司さんからですから。私はなにも」

「夫婦なんだから一緒よ。ああ楽しかった～」

浦田さんはそう言ってから、ふと私のほうに身を寄せてくる。

「ところで、聞いた？　藤木くんがトップから陥落しそうだって。ま、月間だけだけど」

「え！」

私は目を丸くした。藤木さんとは、私がかつて営業アシスタントとしてサポートしていた営業部のエースだ。ここしばらくトップを維持し続けてきた彼が、ひと月とはいえ営業成績で抜かれるだなんて。

「調子が悪かったのでしょうか」

かつては二人三脚で働いていたこともあり少し心配になってしまう私に、浦田さんは「ううん」と首を振る。

「違うの。普通に藤木くんだって悪くなかったはず」

「ええっ」

私はパソコンのキーボードを急いで叩いた。社内クラウドに営業部からの速報が上がってきていた。数分前に更新されたばかりのほかほか情報だ。暫定だけれど、昼休みが終わる前に資料をまとめておこう、とマウスでスクロールさせる。

「……本当だ。藤木さん悪くないですね。一位は……新原《しんはら》乃愛さん」

声に出してから目を丸くする。新原乃愛⁉

「これって」

「ん？ そう、新原さん。先月途中入社してきたばっかりなんだけど、いきなりこの好成績だもん。すごすぎる……って、どうしたのその顔」

「あ、と、友達……っていうか同級生です。高校の」

「え、そうなの」

「卒業してからは、一切連絡とっていなかったんですけど」

そっかあ。乃愛ちゃん、うちに入ったのか。一瞬、あのときかわいそうな目で見られた羞恥を思い出すけれど、心の中で首を振る。あんなの、勘違いしていた私が悪いし、乃愛ちゃんはすっかり忘れてしまっているだろう。

「じゃあ心春ちゃんが社長夫人だって知ったら驚くだろうね」

「あはは、そうですね」

そんな会話をした数時間後――退勤の時刻。「少し残るから、君は先に帰宅しておいてくれ」という玲司さんの言葉に甘えて、ひとり地下鉄へ向かう。社用車で帰宅するよう言われたけれど、この時間は道路だってすごく混む。帰宅ラッシュの満員電車とはいえ、地下鉄に乗ってしまったほうが早い。

駅に続く、レンガ造りの少しレトロな階段を下りていると、改札の柱の前でイライラとした声が聞こえた。

「だーかーらー。今日は無理なのお。切るよ。ばいばーい」

舌打ちとともに電話を切ったのが、綺麗な女性だったから驚いてしまう。周りの通行人も一瞬女性に視線を向けていた。女性は慌てて笑みを浮かべ、それから私を見て固まった。私も正面から彼女を見て目を丸くする。

「えーっ、心春じゃん」

「乃愛ちゃん」

目を丸くする私に、乃愛ちゃんは駆け寄る。

「びっくりしたあ。仕事この近く？」

「う、うん」

「あたしそこだよ。ホンジョーエレクトロニクスの本社。営業なんだけど」

彼女が誇らしそうで嬉しくなる。そんな会社にしているのは玲司さんだもんね。

「私もそうなの。その、速報見たよ。すごいね」

乃愛ちゃんは一瞬目を瞬いて、それからにっこりと笑った。

「ありがと！」

そう言って髪をかき上げる乃愛ちゃんは、本当に美人な大人に成長していた。さらさらと流れるような髪は濃い栗色で、艶やかな唇は綺麗な形をしている。やや吊《つ》り目がちな大きな目は猫みたいで、背も高い。身体にぴったりのパンツスーツはいかにも仕事ができる雰囲気だ。いやまあ、実際乃愛ちゃんはシゴデキな人なのだけれど……。

ふと、玲司さんの奥さんにはこんな人のほうがよかったんじゃと思ってしまう。

サポートするだけじゃなくて、横で胸を張って歩いていけるかっこいい女性……。

私はそれができるだろうか？　答えは否だ。自分でも私が〝縁の下の力持ちタイプ〟だというのは痛感している。

「心春は家どっち？」

乃愛ちゃんの言葉にハッとした。

「心春？」

「あ、なんでも。ごめんね。ええと」

駅名を答えると、乃愛ちゃんは目を丸くする。

「え、高級住宅地じゃん。いーなー。……ていうか指輪！　結婚したの？」

「そうなの」

「へー……じゃ、今心春が住んでる家も旦那さんが？」

頷けば、乃愛ちゃんはにっこりと私を見つめる。

「へー……両親と同居？」

「え？　違うよ」

「じゃ、相当エリートだ？」

そんなところに新居用意できるくらいなんだもんね、と乃愛ちゃんが微笑む。なんでだろう、目だけ笑ってなくてちょっと怖いなと思ってしまう。

「でもなんで心春なんだろうね？」

そう言われて目を瞬く。

どうして私……そんなの決まってる。プライベートでも支えることができるだろうと、私の秘書力的なものを買ってもらったのだ。

それは私の誉れ。

そのはずだったのに、じくりと心臓が痛む。

「まぁ高校のときから仕事はできたよね。マネすごい頼られてたし……そこを買ってもらったんだろうね」

まさしくその通りだ。なにも言えない私に、乃愛ちゃんは「なつかしー」とうっすらと目を細めた。

「女として見られないで小動物のように愛でられてたもんね。かわいいかわいい心春ちゃん」

古傷のかさぶたが、無理やりはがされる音がした、気がした……。

私は小さく息を吸い込んだまま、うまく言葉が発せられない。頭の中で、高校のとき片想いをしていた彼の〝かわいい〟が一瞬浮かんで、すぐに玲司さんの声に置き換わる。〝かわいい心春〟、そんな言葉が……。

ようやく理解する。私、〝かわいい〟は〝そういう意味でのかわいい〟では嫌なのだ。思考がぐるぐるして苦しい。

「ね、よければ旦那さん紹介してほしいな。心春の旦那さん、会ってみたいよ」

「……え」

「だめ？　おうち、行ってみたい」

私は曖昧に首を傾げた。胸の奥がじくじく痛んでいて、うまく頭が回転しない。

結局「相談してみる」と話をまとめて、別の路線だという乃愛ちゃんを見送った。

別れ際に言われた言葉がどうしても頭から離れてくれない。

『旦那さんに本命ができて捨てられないといいね』

帰宅して夕食を作って待つ。

料理をしている間に、ようやく冷静さが戻ってきた。

傷つく必要なんてない。なかった。だって全部本当のことなんだもの。乃愛ちゃんは本当のことを言ってくれただけ。傷つく私が、間違ってる。

「思いあがってた……」

深く息を吐きながら言った。あまりに大切にしてくれるから、慈しんでくれるから、いつのまにか貪欲に彼からの愛情を求めていた。女性として想われたい、と。

胸のあたりを強く握る。秘書としての能力を認められたのが、誇らしかったでしょう？　誉れであったはずだ。なのに……。

恋してしまうだなんて。

尊敬が恋に変わるなんて、と唇を噛む。それがどこか彼の私に対する信頼への裏切りにも思えて後ろめたくもなる。

「ごめんなさい……」

はあ、と呼吸を整え、作った料理をテーブルに配膳する。

帰国してずっとふたりそろって多忙だったために、帰国初日を除いてデリか外食になってしまっていたのだ。なので私ひとりで作る手作りの夕食は初めてとなる。

といっても簡単なものだ。ご飯に、豚肉の炒め物に、蒸しナスの和え物、サラダ、それからお味噌汁。サラダは住んでいたマンションから持ってきたプランターの野菜を使っている。とりたてだからおいしそうだけれど、……あれ。

ダイニングテーブルに並べたそれらを眺め、違和感に私は小首を傾げる。

「……あれ、庶民すぎ？」

さあっと血の気が引いた。

玲司さんはなんでもいいと言うから、そうだ疲労回復を狙って豚肉たっぷりにして、夏だしさっぱりとおナス、なんて考えていたらこんなメニューに……。

「せ、せめて作ってる間に気が付こうよ、私……」

がくりとテーブルに手をつきうなだれた。玲司さんびっくりするよね……。『で、メインは？』とかって聞かれてしまうかも。

なんか、乃愛ちゃんならこういうのもソツなくこなすんだろうな。

誰に比べられたわけでもないのに頭の中で勝手に比べて落ち込んだ。こんなのよくないよね。うじうじしてて嫌だ。

私は頬をぱちんと両手で挟んだ。

「よし、今から牛肉買いに行こう」

時間はないけれど、焼くくらいならできそう。大事なのはやる気だ。

壁にかかる時計を見つめ、急いでエプロンを外す。ど、どんな料理がいいんだろう……⁉と玄関に急いでいると、そのタイミングでガチャガチャと鍵を開ける音がした。

「ああ」

「……どうしたんだ？」

不思議そうな玲司さんが小さな白い箱を持って立っていた。よくよく見れば、それは駅近くにある高級洋菓子店の箱だ。目がそこに向いていることに気が付いたのだろう、玲司さんが柔らかく目を細めた。

「あ、勝手に悪い。君が好きそうだなと」

「す、好きです、すっごく好きです……！」

「よかった。惚れてくれた?」

「もちろん惚れぬいております!」

玲司さんが私のためにケーキを買ってきてくださるなんて……っ。なんたる幸福、多分今私は世界一恵まれている! そうだ、これ以上思いあがるのはやめよう。初志貫徹だ。彼を支えることに生涯を捧げよう。

それだけでいい、高望みはしない。恋してほしいだなんて、なんて贅沢《ぜいたく》な。

気を引き締めた後、眉を下げて彼を見る。

「すみません、私……お夕食を」

「夕食? なにがあったんだ?」

「……見ていただくほうが早いかと」

私はしずしずと廊下を歩く。変な汗が出ている。

リビングからダイニングに向かい、テーブルの上の料理に手を向けた。

「こちらが夕食です……その、あの」

「うまそう」

玲司さんはじっと料理を見つめている。

「これ、心春が全部? 俺のために?」

あれ、思っていた反応とは違うぞ。

内心首を傾げつつ、思い切って口を開く。

「もちろん玲司さんのためです。ですが、あまりにも質素というか庶民的になりすぎたというか。なので今、牛肉を買いに向かうところでした」

私の言葉を聞いた玲司さんは一瞬ぽかんとして、それから大きく笑った。

「君は俺をなんだと思っているんだ」

「神の創りたまいし最高傑作……」

「なんだそれ、初めて聞いたぞ。とにかくまあ、俺はとてもおいしそうだと思うし、そもそも君が作ったものならなんでもうまい」

「そ、そんなことは」

「ある。めちゃくちゃにある」

玲司さんはそう断言して「着替えてくる」と二階への階段を上がっていく。あまりに綺麗なので、モデルかはたまた王子様かという具合だった。

「ま、眩しい……」

かっこよすぎて目が潰れる。

思わず呟いてしまいつつ、キッチンに向かう。とりあえずお茶でも淹れよう。

「コーヒー……ではないよね」

ふと固まった。

仕事中はコーヒー派な玲司さん。外にお食事に連れていってくださったときは、たいていそのお料理に合うお酒を飲んでいた。ではこのド庶民夕食に合うものは？

「ビール？」

私は呟き、そしてハッとした。ビールも買ってきていない！　玲司さんがビールを所望されたらどうするつもりだったの、私！

「心春。コップはどれにする？」

いつのまにかリラックスできるTシャツに薄手のスウェットという格好で階段を下りてきていた玲司さんに聞かれ、私は眉を下げた。

「も、申し訳ございません、玲司さん。私、お酒も買い忘れてしまいまして……よければ、普段お飲みになっているドリンク類をお教えくださいますか」

「敬語敬語。また丁寧すぎるのに戻ってるぞ」

「はっ、申し訳……すみません」

慌てて言いなおす私の頭を、玲司さんはぽんぽんと撫で優しい視線で見つめてくる。

「今日は緑茶でも淹れようか。せっかく初めて作ってくれた手料理なんだ、酔わずに味わいたい」

「はい」

頭を撫でてくれる体温が、なんだかとても得難いものに思える。頷いた私の横で玲司さんが電気ケトルに手早く水を入れてしまう。設定温度は八十度だ。

「玲司さん。私が」

「どうして。俺が淹れるのは不安か？　そこそこうまいはずだ」

「そうではなく」

私は眉を下げた。

「私は玲司さんのサポートをするために、結婚を……」

そのために選ばれた。それが乃愛ちゃんに再会して突き付けられた現実だ。仕事面ではさておき、私生活では玲司さんに甘やかされて、それすらこなせていない。

このままじゃ、彼は私を見限るのでは。

情に厚い人だ。けれどいつだって合理的な判断をする人だ。

だから、もし、能力が足りないと判断されれば……。もっと、ふさわしい人がいたならば……。それこそ乃愛ちゃんみたいな、なんでもできる綺麗な人だとか。

ぞっとした。

知らず、胸元を強く握る。肋骨の奥がとてつもなく鋭く痛んだからだ。切なくて、心臓が縮んだような気持ちになった。

なんだろう、なにこれ、なんの感情なの。不安だけじゃない、もっと別の大きな感情が混じっていた。苦しい。息ができない。恋ってこんなに切ないものだったっけ？

私は「お箸用意します」と玲司さんに背を向ける。きっとひどい顔をしている。こんな顔、死んでも見せられない。

どうしようもなく目の奥が熱い。嫌だ、離れたくない。恋なんてしてもらえなくてもいいから、ずっと玲司さんといたい。

「……心春。どうした」

玲司さんの手が肩に触れる。ひゅっと息を吸った。

「私に求められているのはサポートなのに、うまくできず本当に申し訳ありません……！」

好きになってしまって。

感情を欲しがって。

分不相応に、妻の座におさまって。

お腹の奥でいろんな感情がぐるぐる渦巻いた。汚い感情だと思った。自分から追い出してしまいたい。

ごめんなさいごめんなさい。玲司さんごめんなさい。

「ごめんなさい……！」

そう言った途端、彼が手に力をこめ、私の身体を反転させた。

目線を上げられない。ただ足元を見つめる私の頬を、玲司さんは優しく撫でる。

「心春。顔を見せてくれないか」

穏やかな声だった。私はどうしようもなく、ただ俯《うつむ》いている。視界が潤んだ。

だめ、止まってよ、涙。なんで泣いてるの。涙なんか見せられない。

顎に指を当てられ、上を向かされた。真剣な顔の玲司さんが私を見つめていた。

ふ、と玲司さんは口角を上げた。そうして私の頬を片手でむぎゅっと掴む。

「れ、玲司しゃん？」

びっくりして少し涙が引っ込んだ。

ヒヨコみたいな顔になっているであろう私が目を瞬くと、玲司さんは頬を掴んだままキスをしてくる。

「ん、んんっ」

彼はすぐに離れたけれど、手は放してくれない。ヒヨコ状態の私に、彼は噛んで含めるように言う。

「俺は夫婦とは対等であるべきだと思う。性別も、収入の多寡なんかも関係なく。君は俺をサポートしたいと言うが、それはそっくりそのまま返そう。俺も君を支えたい。君が大切だから」

「で、ですが」

私は内心首を傾げる。それでは、どうして私なんかと結婚を？　秘書的な役割以外に、玲司さんが私を妻にした理由が思い浮かばない。乃愛ちゃんの言う通り、小動物的なかわいさしかない私が女として見られるはずもないのに。

玲司さんは私から手を放す。それから頬をくすぐり、目を細めた。

「そろそろ惚れてくれたか？」

ときどき言われる言葉だったけれど、いつもの冗談みたいな雰囲気じゃない。

あまりにも真剣な瞳に、息もできない。

「……っ」

ぶわり、と頬に熱が集まった。

不安が一瞬で霧散して、ときめきで胸がいっぱいになる。まるで、玲司さんが私に惚れてほしいって、恋してほしいって思ってるように感じて……。

ぐっと泣きそうになる。身のほど知らずも甚だしい。

私が、そんな感情を向けられるわけ、そんなわけ——あとで恥ずかしい思いをするだけだ。だから、だめ。顔に出しちゃ、態度にしたらだめ。

そう思えば思うほど切なくてどきどきして、叫びたくなる。あなたが好きだって。

玲司さんはそれを見て、少し泣きそうな顔をして私を抱きしめる。

「なあ心春、素直になってくれないか」

玲司さんの声は掠《かす》れていた。心臓が早鐘を打つ音がする。私のもの？　それとも、彼の？

「で、でもそんな……はずが。私みたいな人間が、あなたみたいなすごい人に」

言いよどむ。〝想われる〟〝恋をしてもらえる〟？　どれも恥ずかしい勘違いなような気がして喉が震えた。玲司さんは私の耳殻を甘く食み、耳元で言う。

「これは俺の友達の話なんだけどな」

確実に自分自身のことを話す枕詞《まくらことば》をつけて彼は続けた。

「プロポーズをしようとしたデートの場で、なんとほかの女性との見合いを提案されたそうだ」

「え……」

玲司さんの腕の中、ぱっと顔を上げる。今、なんて。

玲司さんは少しバツが悪そうに笑った。

「彼女の生まれ年のワインまで用意して、勝負ネクタイまでしていたのに。それで、そいつはちょっと意地を張った。相手が自分に惚れてくれるまで気持ちを口にしないと」

「……っ」

「その反応は、俺の期待しているものでいいんだよな?」

いつのまにか友達設定はなくなっていたらしい。私は泣きそうになりながら、迷って迷って、ようやく小さく頷いた。途端に脇の下を持たれ抱き上げられる。そのままくるりと一回転された。

「わ、わあ、玲司さん」

「悪い、嬉しすぎて」

玲司さんは私を抱きかかえなおし、リビングのソファまで運ぶ。そうして私を座らせ、自分はラグに片膝をついて座り私の手を取る。

「好きだ、心春」

幸せそうな、蕩けきった笑顔。

「……っ」

頬は発火するくらい熱かったのに、さらに熱くなってしまう。嬉しくて恥ずかしくて溶け落ちてしまうんじゃないだろうか。

「かわいい」

そのひとことに、こらえていた涙がぽろっと零れ落ちてしまった。彼の『かわいい』が、本当の愛情に裏打ちされたものだって、ひしひしと伝わってきたから。しゃくりあげる私の手を強く彼は握る。

「かわいい、君は本当にかわいい。息しているだけでかわいい。愛おしくて苦しくなる」

「そ、んな」

私はなんと言葉を続けようとしたのだろう？

私は仕事の能力で彼に選ばれたわけじゃなかった。

愛されていたから、ただそれだけの純粋な感情によって選ばれ、大切に慈しまれていた。

嬉しくて苦しくて切なくて、胸で感情がぐちゃぐちゃになってしまう。その感情はなにひとつ言葉になってくれなかった。ただひたすらに泣きじゃくる私を玲司さんは強く抱きしめ、掠れた低い声で言う。

「愛してる」

玲司さんにしがみつき、私は唯一はっきりしている言葉を繰り返す。

「好きです、大好きです、玲司さん」

そう告げるたびに、玲司さんは私の後頭部を優しく撫でて「俺もだよ」と言葉にしてくれる。

「愛してる。なあ心春、君はどうしてこんなにかわいらしいんだろうな」

こめかみに唇を押し付けられ、私は息の仕方を忘れたみたいに泣く。

過去の〝かわいい〟に関する嫌な記憶が、涙と一緒にさらさらと流れて消えていった。


「そもそも俺、かなりわかりやすかったと思うんだけどな」

食後、ダイニングで玲司さんが改めて淹れてくれた緑茶をいただきながら、そんな話を聞く。私は曖昧に首を傾げ、必死で記憶を手繰った。

「そうでしたでしょうか……？」

「そうだったらしい。目で追っているだの、目つきが優しいだの、声のトーンが違うだのなんだの」

目を瞬く私に、お母様である会長が私にあんなことを言った理由がようやく思い浮かぶ。

「も、もしかして会ちょ……お義母様の『そろそろ伴侶を』というのは」

「君に発破をかけていたつもりだったらしい。すまなかったな。もう余計な真似はするなと釘をさしておいたから、もう俺たちのことに変に口出しはしてこないはずだ」

「い、いえいえ」

ぶんぶんと首を振る。肩をすくめる玲司さんに、私は「あの」と声をかけた。

「玲司さんが言ってくださっていた、私が〝かわいい〟を受け入れられない理由なんですが」

「……聞かせてくれるのか？」

私は苦笑した。

今まで、ずっと誰にも言えなかった出来事だ。恥ずかしくて惨めで、悲しくて。

でも言葉にしようと思えたのは、玲司さんが私を愛してくれたから。かわいいと言ってくれるから。

「大したことじゃないんです、本当に」

そう前置きして、高校時代の出来事を話した。

黙って聞いてくれた彼は、「そんなわけでした」と締めくくった私にはっきりと告げる。

「君の友人を悪く言って悪いが、シンプルに性格が悪いな」

「え、ええっ。そんなことは」

私は湯呑をテーブルに置き、乃愛ちゃんを悪く言ってしまっただろうかと眉を下げる。玲司さんは「ああ、違う」と目を柔らかく細める。

「君の話は非常に客観的だったし、君に肩入れしての感想じゃない。君が『かわいい』と言われているのに腹が立ったとしても『痛いから』は悪意があるだろう」

「そうでしょうか」

「それに」

ふむ、と玲司さんは腕を組み、目線を上げた。それから再び私を見て、はっきりと告げる。

「その同級生の男は、本当に君が好きだったんだと思うぞ」

「え」

私は目を丸くした。私のことが好きだった？

「普通、高校生くらいの男が好きでもない女にかわいいなんて連呼しない。おそらくなんらかの理由があったんだろう」

私は首を傾げ、それから首を振った。

「どっちにしろ、なんにせよ、彼が私にかわいいと言っていた理由なんてもうどうでもいいです」

そう言い切って、にっこりと笑う。

「私、今玲司さんに愛してもらっているだけで幸せです。だから、過去なんて、どうでも」

ふふ、と笑ってしまう。

十年も引きずった出来事だったのに、玲司さんに愛を告げられただけで、どうでもよくなるなんて。

「……そうか」

「そうですよ」

私が言うと、玲司さんは微笑み、立ち上がる。

「俺は、君を笑顔にするために生まれてきたんだろうな」

思ってもない言葉に「え」と彼を見つめた。玲司さんは私の横に立ち、にこりと笑う。

「そう思わせてくれないか。君が笑顔だと、俺は幸せだから」

胸がいっぱいで、言葉にならない。ぽたぽたと再び泣きだしてしまう私を、彼はそっと抱きしめてくれた。

頬に何度も口づけられ、涙をキスで拭われる。

やがて甘えて彼に身体を預けた私の頬をするりと彼は撫で、熱をはっきりと孕《はら》んだ瞳で告げる。

「心春。……君が欲しい。男として」

私はしばらく彼の瞳を見つめ、それから小さく、でもしっかりと頷いた。

【四章】幸せにしたい（side玲司）

ようやく通じた想いで、頭の芯がくらくらとする。

寝室のベッドに横たえた心春の頬は、信じられないほどに赤かった。

知らず、頬が緩む。なんてかわいいんだろう。そして、いじらしいんだろう。

つらかったのだろう、と彼女の過去の話を聞いて想像した。多感な思春期に、自尊心をズタズタにされる経験をしたんだ。どれだけ傷ついただろう。けれど、俺からの言葉に幸せそうに笑ってくれた。

さっきの言葉は本心だ。俺は心春を幸せにするためにここまで生きてきたんだ。笑わせるため、ただそのために。

俺はただ、それを誇らしく思う。

さらり、と髪の毛を梳《す》いてシーツに落とした。微かに擦れる音が、やけに淫靡《いんび》だと思う。怖がらせないよう、何度も触れるだけのキスを繰り返しながら、ゆっくりと服を脱がせた。

心春の頭の横に手をつき、下着姿の彼女をじっと見下ろす。

心春は胸元を押さえて身体を強張らせる。拒否している様子はなく、ただひたすらに緊張の色を滲ませていた。

初心なまなざしに、独占欲と庇護欲が湧き上がる。同時に抱いた嗜虐心を、我ながらおかしく思う。子どもでもあるまいし、まさか好きな子を苛めたいと思うだなんて。

そんな欲求が表情に表れていたのだろう、心春は眉を下げ、心細そうに俺をじっと見つめる。そんな仕草ですら情欲を誘うのだけれど……。

怖がらせたくないと、最大限に優しい声で彼女の名前を呼んだ。

「心春――さっきの返事、はっきりと言葉で欲しい」

「え、っ」

「愛してる。ここで君を……俺のものにしていいか」

そう言って頬をくすぐれば、心春は目を瞬いた。それから花が咲くように笑い、俺に向かっておそるおそるといったそぶりで遠慮がちに、けれど明確な意思を持って手を伸ばす。

「もとより、私の全ては玲司さんのものです。……大好きです」

心臓が掴まれた気がした。――いや、とっくの昔に掴まれていた。それどころか、彼女が俺の心臓になっていたんだ。唯一無二の、大切な人。

俺は心春を抱きしめ、頭に頬ずりをする。愛おしくてたまらない。

「好きだ、心春。大好きだ」

嬉しげに、けれど照れた心春が俺の腕の中、くすぐったそうに身体をよじる。

微笑む心春の頬を指の関節で撫でた。幸せそうに心春が目を細める。胸の奥がふわふわと温かい。最高に幸せだ。

上半身を起こし、Tシャツを脱ぎ適当に投げる。白いシーツの上に、心春の服と重なるように落ちた。

「あ、服がしわになります」

「ただの部屋着だし構わない……というか、そんなこと気にしている場合か」

「でも」

「ずいぶんと余裕だな？　俺のお姫様は」

心春が目を丸くして、それから耳まで赤くした。

「よ、余裕なんかじゃ」

「確かめてもいいだろうか」

そう告げて、俺は心春にキスをする。触れるだけじゃない、深いキスだ。心春の舌が微かに震える。なだめるように舌先を絡めて、それからたっぷりの情欲をこめて吸い上げた。

ちゅ、とリップ音を立てながら離れる。

そうして、真っ白なシーツの上に横たわりぽかんと俺を見つめる心春を見つめた。

彼女の黒髪が純白の上で美しく乱れている。

俺を見つめ返す、黒い宝石のような透明感のある丸い瞳と、そのぬばたまの黒髪。

白と黒の世界で、唇が花咲くように紅い。

「綺麗だ」

思わずそう告げて、髪の毛をひと房、手にすくう。キスをしてじっと見つめれば、みるみる頬が真っ赤に染め上がっていった。

「そ、そんなこと」

「ある。綺麗だしかわいらしいし、仕事面では頼りになる。けれど、ひとりの男としては」

ちゅ、とこめかみにキスを落とした。

「男としては──守りたくなる」

「玲司さん……」

今度はそっと舌で、少し泣きそうになっている彼女の唇を撫でた。びくりと大げさなほどに心春が肩を揺らす。なだめるように頭を撫で——実のところは逃げられないように固定するため——頭に手を添え、唇を割る。身体が強張るのがかわいそうで、耳を指で撫でれば心春が小さくかわいらしい声をあげる。キスで塞いでいたためにくぐもったその声に、俺はすっかり気をよくした。耳殻をゆっくりと撫で、耳朶《みみたぶ》をくすぐると、ふと心春の唇が開く。すかさず舌を割り入れ、心春の口内を舐め上げる。

「ふ、あ」

キスのせいで満足に動かせない口で喘《あえ》ぎ、心春は俺にしがみついた。俺の腕をきゅっと掴む仕草がかわいくて仕方ない。歯列を舐め、口蓋を舌先でつつく。

「ん、ぁ、う」

あえかな声をあげながら、心春がみじろぎ逃げようとする。俺は笑って両手で頭を包み込むようにしながらキスをさらに深くしていく。

舌を絡め、付け根をつつき、甘噛みをする。心春の縮こまっていた舌先が、舌で愛《あい》撫《ぶ》するごとに強張りを解いていく。

唇を離す。俺を見つめる瞳がとろんとして熱を帯びている。

俺が身体を起こすと、腕を掴んでいた心春の両手が心細そうにシーツに落ちる。左手に光る結婚指輪に、やけに独占欲がかきむしられた。

やっと、真実俺のものになってくれた。

一日千秋とは、このことを言うのではないか。

焼けこげそうな感情をごまかすように心春の首筋をつう、と指先で撫で、それから鎖骨の上で指を滑らせる。そうして喉の付け根まで動かした指を、俺はゆっくりと下に滑らせる。

「あ……」

心春が眉を下げ、ただじっと俺を見つめている。指先にどくどくと感じる鼓動に、やけに気がはやる。俺の心拍だって負けないくらいに速い。

下着のホックを外すと、心春は「ああ」と恥ずかしそうに眉を下げ、両手で胸を隠した。

「見ていたいから外してくれ」

「や、やです……恥ずかしい」

もっと恥ずかしいことをするのにな、と思うけれど実際口に出すと少し趣味が悪いかと自重した。俺は「そうか」と笑って心春の額にキスを落とし、下半身に余計に血がめぐっているのを覚える。もう限界寸前だった。

薄い腹を手のひらで撫でると、心春が「ひゃっ」と笑う。つい出てしまった声のようだった。

「くすぐったい？」

「は、はい、少し、ふふふ」

さらに撫でると、心春が身をよじり笑う。俺は微笑み、少しずつ手つきを変えていった。最終的に、わき腹を指先で触れるか触れないかの力で撫でるように。

「ん、あ、玲司さ……」

心春から漏れた声は、すっかり甘くなっている。俺は内心ほくそ笑んで、ゆっくりと臍《へそ》のあたりまで同じように撫でた。

「ふ、あ」

くすぐったいと笑っていたのはついさっきなのに、心春の声はすっかりと情欲に濡れ始めている。かわいらしくて、臍の横にキスを落とした。太ももの内側を指で弄《もてあそ》ぶと、心春が「玲司さん」と蚊の鳴くような声で俺を呼ぶ。

「は、恥ずかしいです」

軽く目を伏せた姿はひどく情欲を誘う。羞恥で涙目になっていた。

「かわいい」

「そ、そんな……ことは」

慌てる心春の頬にキスをして、からかう口調で告げる。

「君は俺まだ愛されているって自覚がないのか？」

心春は目を瞠り、ぶんぶんと首を振った。

「ま、まさか。ちゃ、ちゃんと……っ」

心春は目線を下げ、恥じらいで目元を赤くさせながら小さく言う。

「ちゃんと、愛されてるって、わかっています……」

俺はふっと笑ってから、再びわき腹を撫でた。その手をゆっくりと下に向かわせる。

太ももをひと撫でして、するすると下着を脱がせれば、心春が迷子の子どものように眉を下げる。

「怖いか？」

「ち、違います……その、どうしたらいいのか」

返ってきた初心な返答に、俺は燻《くすぶ》る欲がさらに昂《たかぶ》るのを覚える。

「ん、楽にしていたらいい」

「で、も……その、私、自分で脱ぎましょうか」

心春が気にしていたのはそれだったらしい。彼女がよく言う『玲司さんの手を煩わせるわけには』だ。

「俺が君を脱がせたくてやっている」

「……え」

びっくりした顔をする心春に、思わず噴き出した。

「君は本当に、見ていて飽きない」

飽きないどころか、どんどん惹《ひ》かれていく。

「え……あっ！」

太ももの内側を撫で、足の付け根に指を這《は》わせた。

「そ、そんなところ」

「君は俺のものじゃなかったか」

「そ、それはそうですがっ」

「じゃあ好きにする権利が俺にはあるよな」

噛んで含めるように言うと、心春はきゅっと眉を寄せ、そのまま頷く。間髪入れず、だ。

どれだけの信頼を寄せてくれているのだろう。彼女は、俺が彼女にとって嫌なことはしないと信じ切っている——なら、その信頼に応えないと。

たくさん気持ちよくしてやりたい。

そう決めながら見下ろす一糸まとわぬ姿の心春は、夢みたいに綺麗だった。強く合わせられた膝頭にキスすると、心春が潤んだ目で俺を見上げる。

胸を覆う手のひらを、恭しく持ち上げた。抵抗はない。ただひたすらに緊張とその震えが伝わってくる。

愛してるという感情をたっぷりとこめて、その手の甲に唇を押し当てた。そうして手を絡め、シーツに押し付ける。

指と舌と視線で、強張る心春を解していく。じきに零れだす上ずった声に胸がかきむしられる。ゆっくりと初心な身体に快楽を覚え込ませていく。

心春の身体がすっかりと緩み潤み熱くなった頃、俺はようやくスウェットを脱ぎ捨てた。心春が小さく息を吐いたのがわかる。

「どうした」

「あ、の……綺麗だと思って」

快楽にとろんとした瞳で、心春が呟くように言う。

「玲司さんが、健康に気を遣われて……いつもちゃんと鍛えてらっしゃって……その努力の証ですから」

心春はそう言って俺の腹筋に指を伸ばし、這わせた。ぞくぞくと悦楽が背中を走る。

心春としては決して誘っているつもりではないのだろうが、俺からすれば理性を崩壊させる最後の一手だった。

むしゃぶるように唇に噛みつく。心春の口内を存分に堪能しながら、彼女の太ももや膝を撫でて足を開かせ、そこに身体を割り込ませる。

「ふ、あ、玲司さ……っ」

キスの合間に蕩けるような甘い声で名前を呼ばれる。

「心春」

彼女をかき抱き、そう呼び返すので精一杯だった。

頭が真っ白になってしまうかのような時間だった。自身をねじ込みひたすら心春を貪る。次第に快楽のために眉が寄っていく心春の表情に、余計に興奮を覚えた。

「玲司さあ……んっ」

彼女が俺にしがみつく。

背中に立てられる爪の痛みが、やけに甘美で切なくて嬉しい。ようやく心春が俺のものになってくれた。子どもみたいに飛び跳ねたくてたまらなかった。

翌朝、ふと目が覚めた俺はまず腕の中にいる心春の顔を確かめた。すう、すう、と規則的にたてられる寝息。しっかりと閉じられた瞼が妙に愛おしくて、起こさぬようそっと唇で触れる。

「愛してる」

小声で告げれば、肋骨の奥で恋慕がさざ波のように揺れる。

もうこれをひとりで抱えずともいい。これからは素直に告げていいんだ。好きだと、愛してると、はっきりとそう、心春に。

想像すれば自然と頬が緩んだ。心春は初心に照れるだろう。すっかり慣れて微笑まれる未来も素敵だ。

未来がこんなにきらきらと輝いているように思えるのは、生まれて初めてだった。

特に、兄貴が出奔していなくなった中学時代以降は――決められた進路を、わき目もふらずにひた走ってきた。兄が捨てたものを必死で拾い集め、抱え、ただがむしゃらに前へ、前へと。でも、なにをしたって、もうここにいない兄貴に敵わなかった。

語学テストの点数も、資格を取得したときの年齢も。

なにをしたって、そうだった。

スポーツの大会で優勝したときですら、『ああ、誠司くんの弟なのか。道理で』『いいよな、優秀な兄がいるんだものな』『誠司くんの弟でも、こんなものか』……。いつだって誠司が先にいた。比べられ、そして優劣をつけられた。

ただ、両親はそんなことを一度だって口にしなかったのは、幸いだったのかもしれない。

……いや、悔しかった。

それすら口にしないほど、比べられないほど、俺は兄より劣っているのか？と——。

そんなことはないのだろう。兄弟で優劣をつけるような両親ではなかった。ただそれだけなのに、劣等感でいっぱいだった俺にはそんなふうに思えた。

だからこそ、だろう。ただひたすらレールを走った俺を支えたのは、反骨心だ。

『兄貴を超えろ』

何度、自分に言い聞かせただろう。

そのために、本当にやりたかったことは捨ててきた。そうでなくては敷かれたレールの上は走ることができなかった。会社という組織を、社会を、人を、守ることはできなかった。それが、後継となった俺に課せられた義務だった。

だからこそ、成人して以降は欲しいものは必ず手に入れてきた。でもそれだって、心春の前では塵《ごみ》同然だ。心春がいてくれればいい。

この人さえいれば、これから先どんなことが起きたって耐えられる。

ふと、兄にはそんな大切な人がいるのだろうかと想像する。いつだって飄々《ひょうひょう》と、身軽に生きている兄のことだ。あまりそういうことは想像できない。

腕の中、すやすや眠る心春を見ながらぼんやりと眠りに落ちつつ、ふと、兄がもうすぐ東京にブランドの直営店を出すらしいと聞いたのを思い出した。

会って、祝うくらいはしてみようか。

どうしてだろう、そんなことを思う。きっと満たされたからだろうな——と、腕の中の愛おしい体温に頬ずりをした。

【五章】蕩けるような桜色の下で（side心春）

翌朝出社すると、エレベーターホールで藤木さんと遭遇した。玲司さんはすでに出勤済みだ。まだ出勤時刻まで余裕があるため、人の姿はまばらだった。

「おはようございます」

挨拶をすると、開口一番に「結婚おめでとう」と返ってくる。

「なかなか言うタイミングがなくて。よかったね」

「わ、ありがとうございます」

「まさか森下さんが社長夫人になるとは思わなかったよ」

「私もです」

エレベーターを待ちながら小さく笑うと、藤木さんは頬を緩める。

「幸せそうでなによりだよ。よくお似合いだし」

昨日までの私なら、きっと謙遜していたと思う。あんな素敵な方に私が釣り合うわけがないですよって。

でも——ちゃんと愛されているって知ったから。

「ありがとうございます」

そう言って微笑んだ私の背後で「え」と小さく声がした。

振り向くと、立っていたのは乃愛ちゃんだった。

「社長夫人？　誰が？　心春が？」

目を見開いて笑いをこらえる感じで言われて、ちょっと胸がざわつく。けれどなんにせよ返事をしなくてはと思った私の横で、藤木さんが淡々と答えた。

「馬鹿にしたような言い方ですね。ふたりは以前から社内でも有名なカップルでしたよ」

そうだったの……⁉

思わず藤木さんを見上げるけれど、彼はじっと乃愛ちゃんを探るような目で見ていた。あれ、と不思議に思う。なんだか、ただのライバルといった関係ではなさそう。

藤木さんは明確に乃愛ちゃんを敵視していた。成績を抜かれただけとは思えない。なんだろう、と思っている私に「そんなつもりはなくてぇ」と乃愛ちゃんは笑う。

「わかってくれるよねえ、心春なら。同級生なんだし」

「あ、うん……」

返事をして、藤木さんに高校の同級生なんだと説明した。

そのタイミングでエレベーターの扉が開く。ほかの人たちと一緒に乗り込みながら、乃愛ちゃんは私をじろじろと見下ろしてくる。

「ふうん、まさか。心春がねえ……」

そう言ったあと、乃愛ちゃんが小さく笑うのを私は見過ごさなかった。

だってなんだか、含みがあるような――ううん、はっきり言えば悪意があるような微笑み方だったから。

営業部のある十七階に着いて、乃愛ちゃんはさっさと降りていったけれど、藤木さんは動かない。

「あれ、降りないんですか」

「そうなんだ」

法務部も過ぎ、やがて秘書室の階に止まった。私と一緒に藤木さんが降りる。

「もしかして社長にご用事ですか？」

アポイントはなかったはず、と眉を下げると藤木さんは立ち止まり、私に頭を下げた。

「実は君が来るのを待っていた」

「どうい う……」

「社内で堂々と人妻を口説くとは」

ふと背後から声がして、ぱっと振り向く。そこにいたのは玲司さんだった。社長室から出てきて、大股でこちらに歩いてくる。ハッとして慌てて数歩、彼に近づく。

「違うんです、玲司さ——」

「そんな自殺行為、滅相もございません。仲睦まじいふたりの間に入るなんて」

藤木さんのどこかからかう口調に、目を丸くしてふたりを交互に見遣る。玲司さんは苦笑した。どこか気恥ずかしそうな表情に、ふたりからからかわれたのだと気づいて私も頬が熱くなってしまう。

まさか『もとから有名なカップルだった』って本気で言っていたの……？

軽く肩をすくめたあと、玲司さんは口を開いた。

「藤木、久しぶりだな。ペナンの件以来か。どうした」

そこでようやく、私の入社前、玲司さんの営業部長時代にふたりが中心となってマレーシア進出のプロジェクトを担っていたことを思い出した。それで気安い雰囲気なのか、と納得する。

「社長に、どうしても内密にお耳に入れておきたい要件がありまして」

藤木さんは背筋を伸ばし、はっきりと告げた。

「営業部の新原乃愛の不正について、です」

藤木さんの話は驚愕《きょうがく》する内容だった。

「乃愛ちゃんが不正をしているだなんて……」

藤木さんが退室したあとの社長室で、思わず小さく呟く。聞き逃さなかった玲司さんが視線を私に向けた。

「あ、あの、新原さんは同級生でして」

「まさか、君に『痛い』だの言い放った女じゃないだろうな」

そう言われてつい肩を揺らす。玲司さんが思い切り眉を寄せた。しまった、心象最悪になってしまった。玲司さんには公平な目線を持ってほしいのに。

眉を下げた私に、玲司さんは淡々と言う。

「まあなんにせよ、証拠があるんだからな」

「……勘違い、という可能性はありませんか？　その、藤木さんを疑うわけではないのですが」

「取引先の担当者と機密情報をやりとりしている動画を撮られておいて？　新原が情報を餌《えさ》に契約をとっていた確たる証拠だ」

むぐ、と押し黙る。確かに、それは……。

「そうですが……その」

私は眉を下げた。

「言っていませんでしたが、私、昔大きな怪我をしたことがあって」

「怪我？」

「日常生活ではまったく問題ないのですが」

私は高校時代の怪我について説明をして、「それで」と言葉を続けた。

「そのときに、親身になってくれたのが乃愛ちゃ……新原さんでした。卒業後はだんだんと疎遠になってしまって、今の人となりは知りません。でも、やっぱり……個人的感情にすぎないのですが、そんなに悪いことをする人だって、信じたくないんです」

玲司さんは目を瞬き、それから微かに頬を緩めた。

「そういうところが、君の魅力だよ」

「え？」

「まあ、なんにせよ調査しなくてはな」

腕を組み、玲司さんは考えるように目を閉じた。

「……と、その前に工場新設の進捗は？」

「あ、はい」

私はタブレットで書類を確認しつつ、小さく眉を下げた。

「やはり直接社長に行っていただくのがよいかと……お忙しいのに、申し訳ないのですが」

新工場の建設に関して、いろいろと滞っていた。

建設先は、九州《きゅうしゅう》、大分《おおいた》県。

今半導体メーカーは国内外問わず、こぞって九州に熱視線を注いでいた。もともとシリコンアイランドとの異名を得るほど半導体工場が多かった九州。半導体の製造に欠かせない豊富で綺麗な地下水があることと、各県に空港があり製品の空輸コストが低いことが大きな理由だ。さらに近年アジア圏での製造業が好調ということもあり、アジア各都市に距離が近い九州が再注目されているのだった。うちの場合は、系列の関連工場がある大分が第一候補地となっていた。

「いや、構わない」

玲司さんはパソコンをじっと見つめて、それから「そうだ」と頬を緩めた。

「終業後、前日入りして温泉に行かないか」

「温泉……ですか？」

「到着は遅くなるだろうが、露天風呂に入ってのんびりしよう」

「いいですねえ」

思わず身を乗り出した。温泉なんて、もう何年行っていないだろう。

予約は任せてほしいとの玲司さんに任せ、私は視察のスケジュールを関係各所とすり合わせた。結果、視察は来月、九月の半ばに決定した。

その視察の件もあり、玲司さんの仕事はさらに密度を増した。正直身体を壊してしまうんじゃないかと心配している私をよそに、玲司さんはとっても元気だった。

特に、夜。

「ん、んっ」

シーツを握りしめ足を跳ねさせる私の首筋を、玲司さんは鼻先で撫でる。

「心春」

そう蕩けるような甘い声で私を呼んで、彼は私の鎖骨に噛みつく。甘い痛みに思わず喘ぐ声が上ずった。

「ああっ」

「ほら、もう少し頑張れ」

「もう、む……りです……やあっ」

快楽から逃れようとシーツを握って逃げようとした私を玲司さんは抱きしめなおし、押しつぶすみたいに抱え込んでしまう。そうしてぶつけられる欲が、愛情が、身体の快楽以上に嬉しくてたまらない。

「心春、かわいい……」

掠れた低い声が、信じられないほどにときめきを加速させる。そのまま半ば意識を手放した私に、彼は何度も「愛している」と囁いた。

頭の芯が甘くしびれてしまう愛情にたっぷりと包まれ、慈しまれる日々。

「ほんっと、愛されてるよねー」

浦田さんに言われて目を瞬く。

ローテーションでのランチタイム、いつものように浦田さんとカフェでランチをしていたときのことだった。

玲司さんに愛されているのは、面映ゆいけれど認める。というか認めざるをえないというか、なんというか。

でも……。

「どうしたんですか、急に」

「ん？　ほら気が付いてない？　ここ」

首を傾げつつ、渡された手鏡で首筋を見る。

「あっ」

小さく叫んでしまった。なにしろキスマークがあったのだから。

「あばばばば」

「なによそれ」

苦笑されつつ、私は小さなバッグに畳んで入れていたストールを取り出す。誠司さん、玲司さんのお兄さんにいただいた青のストールだ。

「もう」

首をぐるぐる巻きにして呟くと、浦田さんは「わ」とストールを見つめる。

「それすっごく素敵な色」

「でしょう。誠司さんからいただきました」

親戚であるなら知っているだろう、とお義兄さんの名前を出すと、浦田さんは
「ん？」と小さく眉を下げた。

「……なにか？」

「いや、仲直りしたんだと思って」

「仲直り？」

「誠司さんって、家のことほっといて出奔したから……多分そのせいだと思うんだけど、一時期玲司くんと冷戦みたいになってってね。玲司くんが中学生くらいだったかな」

私は目を瞠る。

そういえば、玲司さんが言っていた。最後に会ったときは中学生だったたって……。

「……もしかして、あまり仲良くは」

玲司さんの冷たい表情を思い出す。

「うーん、出奔前はそうでもなかった、かな……？　十歳離れてるから喧嘩《けんか》もないし。小さい頃はよく誠司さんに遊んでもらったしね、あたしも」

「ああ、明るい方でした」

「でしょ、表裏なくあんな感じ。ただ誠司さん急に出ていって、めちゃくちゃゴタゴタしたから。急に玲司くんが後継者になっちゃったし」

頷きつつ、少し納得した。

ずっと気にかかっていたのだ。玲司さんが誠司さんから電話をもらったときの表情が――。

唐突に回ってきた、後継者の椅子。

玲司さんは本当に望んでいたものなのだろうか？　強すぎる責任感で投げ出せないだけなんじゃ。

……そのために、必死で頑張ってきたのを知っている。だからこそ、想像とわかっていても胸が痛んだ。

あまり、誠司さんについては触れないほうがいいのかもしれない。このストールを使っていても、玲司さんはなんとも言わなかったけれど……、でも。

ストールを外し、髪の毛をほどいて、キスマークを隠す。うん、これでいい。

その日は玲司さんと帰宅する。社用車で、運転手さんに送ってもらってだ。少し溜まった仕事を車内でこなしつつ、玲司さんが口を開いた。

「心春。そういえば、誕生日なにが欲しい？」

「えっ」

私はじっと玲司さんを見つめる。玲司さんはノートパソコンの画面から目を離し、私を不思議そうに見た。

「来月だろ？　九月四日」

「そ、そうです。覚えていてくださっているとは」

玲司さんはきょとんとして、それから噴き出した。

「覚えているに決まっているだろ」

「感動です」

玲司さんは楽しげに肩を揺らしつつ、私の頭を撫でた。

「で、なにが欲しい？」

「そう、ですね……」

欲しいもの。欲しいものか……。

私は窓の外を見る。晩夏の空はもうすっかり暗かった。

「秋冬用に、少し厚めのストールがあればなと思っていました」

「ストール？」

「はい。ストールがいいです」

私が言うと、玲司さんは「わかった」と微笑む。そこになんの含みもないように思うけれど、誠司さんにも申し訳ないけれど、あの夏の空みたいな色のストールはもう使わないことにする。

そうしてやってきた誕生日。

平日だったため、休みを取ろうと言ってくれた玲司さんを説得して家でこぢんまりしたお祝いをしてもらうことにした。玲司さんは張り切ってくれていたようで心苦しかったけれど、休みなんて取ったら玲司さんの仕事に皺寄《しわよ》せがどうしても出てしまう。それくらいなんともないと彼は言うけれど、私が嫌なのだった。

結局、玲司さんは夕食に老舗のイタリアンのコースをデリバリーで注文してくれた。……このお店、普段デリバリーなんて絶対していないと思うんだけれど。

「誕生日おめでとう」

「ありがとうございます！」

ふたりきりのリビングで、シャンパンで乾杯をしながら祝われる。なんだか胸がぎゅっとするくらい幸せだ。

「本当はな、毎年……祝いたかったんだ」

そう言って玲司さんはシャンパンを口に含む。私は照れて眉を下げた。だってそう言う玲司さんはもっと照れているのがわかったから。

「二十七になりました」

「俺もじきに三十路だな」

玲司さんの誕生日は十二月だ。

「なにが欲しいですか」

「今日は君の誕生日だろ」

笑って言い、玲司さんは立ち上がる。そうしてリビングを出ていき、戻ってきた彼の手には紙袋があった。

「わ、ありがとうございます！」

お願いしていたストールだろう、と受け取る。包みを開けば、真っ白で暖かそうなストールだった。

「かわいい！　ありがとうございます」

さっそく巻いてみせると、満足そうに玲司さんは目を細めた。

「思った通り似合ってる」

「ありがとうございます」

えへへ、と頬を緩めた。大好きな玲司さんからプレゼントをもらってニヤニヤしてしまっている私に、玲司さんはもうひとつ、小さな紙袋を渡してくる。

「え」

「これもプレゼントだ」

「ええええ」

私は目を見開いた。も、もうひとつだなんて！

「ひとつで十分です！」

「そう言うな。店に返すわけにもいかないだろ」

「う、あ、ありがとうございます……！」

お礼を言いつつ受け取り、紙袋を覗く。入っていた真っ白な箱のリボンを解くと、出てきたのは同じく真っ白なアクセサリーケースだ。

「これは……？」

心臓がときめいた。こんなサプライズまでしてくれるだなんて。

「気に入ってくれるといいんだが」

心なしか、玲司さんの声も緊張している。

開いてみて一瞬言葉を失った。

「綺麗……」

思わず呟く。きらきらして眩しく思うほどのダイヤがよっつ、バランスよく配置されたネックレスだった。ダイヤのうちひとつは、不思議な深みのある桜色をしていた。

「これ、桜の花びらみたい……」

「ふと、思い出してな」

玲司さんは目を細めた。

「最初、君にプロポーズしようとしてお見合いを勧められたレストランで」

「す、勧めたわけでは……っ」

申し訳なくて肩をすくめる私に、玲司さんは楽しげに笑って続ける。

「あのレストランで、君は言ってたよな。今年は花見がしたいと——連れていってやれなかった。今年のぶんはこれで勘弁してくれ。来年は盛大に行こう」

「え、そんな……ま、まさか口に出してしまっていましたか?」

私はネックレスをぎゅっと握った。

そんな、ほんのちょっとした雑談にも満たないひとりごとを気に留めて、プレゼントまで用意してくれて。

嬉しすぎて飛び跳ねたい。でも大人だからしない。しないけど、その喜びが身体の中で跳ね回って、代わりに涙になって零れてしまう。

ふ、と玲司さんが笑う。

「君は泣き虫だな」

「す、すみませっ」

「そういうところが大好きだ。なあ、俺のお姫様」

そう言って彼は私の横に、王子様みたいに片膝をつく。そういえば、玲司さんはよくこんなふうにしてくれる。

お姫様ってときどき言ってくれるこの言葉、本気なのかな。

こんな私が、誰かの——玲司さんのお姫様になれるだなんて。

「それをつけても?」

「——はい」

泣きながらこくっと頷き、ストールを外す。玲司さんは立ち上がり、ちゅっと目元にキスをして涙を拭ってくれる。それから私の後ろ髪をさらりと前に垂らし、うなじにもキスを落とす。

「かわいい、心春」

彼は器用にネックレスをつけて、そうして一歩身体を引いた。

ネックレスの冷たい感触が、火照《ほて》った身体に心地いい。玲司さんの視線を感じて顔を上げる。彼は信じられないくらいに幸せそうに頬を綻ばせた。

「似合ってる」

「玲司さん。私、幸せです。どうあなたに返したらいいのかわからない」

「君がいてくれるだけでいい」

玲司さんは私の手を取る。そうして自分の頬に当てて言った。

「君がいてくれるだけで、それだけでいいんだ。俺はそれで満たされる」

自分が、誰かにとって唯一無二の存在になることなんて想像もしてなかった。

私にとっての唯一無二は玲司さんで、こんなふうな仲になる前もそうだった。

玲司さんにとって私がそれだけ大きな存在だって、彼の全部の言葉から、態度から、表情から伝わってくる。どうして気が付かなかったのか不思議なくらい。

それだけ、過去の出来事に縛られていたんだろうけれど――玲司さんがそれを打ち消してくれた今、自信をなくすのは彼にとって失礼だ。

だから、大丈夫。

「でも、ほんと不思議だよね？　心春ってそんな美人でもないし、頭の回転もそんなよくないと思うし。どこが社長はよかったのかな？　あんまり心春みたいな普通の子が周りにいなくて、目新しくてくらっときちゃったかな？」

「大丈夫大丈夫……」

「さっきからなにぶつぶつ言っているの？」

「あ、あはは、なんでも……」

私は今、乃愛ちゃんからのちくちく言葉に耐えているところだ。それにしても、ちくちく言葉、小学校の先生に使っちゃいけないって教わらなかった⁉

秋なんだか夏なんだかわからない九月の初め、私は乃愛ちゃんにランチに誘われた。少し迷ったけれど、浦田さんも来てくれるとのことで受けた。いつも浦田さんと行くパン食べ放題のカフェだ。『新原さんのこと探りたい』と意気軒昂《いきけんこう》だった浦田さんがトイレに立つやいなや、こんな感じのちくちく言葉が始まったのだ。

玲司さんからの信頼と愛情がなかったら折れかけてる……！　雑草魂があるから耐えられるけど！

それにしても、高校のときも気が強かったけどパワーアップしてるなあ。よく乃愛ちゃん、『あたしサバサバ系だから口悪いんだ、ごめんねえ』って言ってたな、と懐かしく思い出す。

「あ、ごめん嫌みとかじゃなくて客観的事実ね」

「ううん、大丈夫、ほんとのことだと思うし」

私は首を振る。

「だよねえ〜。高校のときだってさ、痛すぎる勘違いしてたしねー。あれ、すっごくウケた」

「あのときはごめんね。乃愛ちゃん、私が勘違いなんかして嫌だったよね」

少し前ならきっとグサッときていた言葉もすっかり平気だ。ちゃんと謝ると、乃愛ちゃんはなんだか逆にイラっときたようだった。ちょっと焦る。

「え、えっと、乃愛ちゃん。その」

「あっごめえん、気にしてないよ。てか、今は勘違いとかしてなあい？　いろいろと～」

「うん！」

玲司さんからの〝かわいい〟は素敵な意味の〝かわいい〟ってちゃんとわかってるから、勘違いなんてもうしない。微笑む私を見て乃愛ちゃんは鼻白んだ。

「……てか、あれ、ネックレスかわいいね」

「ありがとう」

玲司さんにもらったネックレスに手で触れる。それを乃愛ちゃんはまじまじと見たあと、ハッとした顔をした。

「それってさ、あそこの新作……？」

乃愛ちゃんが言ったブランドは、確かに紙袋にあったブランド名だった。おずおずと頷くと「わー！」と手を合わせる。

「お願い！　つけさせて！」

「えっ」

私はびくっとみじろぎする。

「ちょっとくらい、いいでしょ？」

乃愛ちゃんの目はネックレスに固定されている。その目ははっきりと〝それ欲しい〟と書いてあった。

「えっ、と。ごめん、これもらったもので……その」

「旦那さん？」

「うん、そう」

「じゃあいいじゃん、いくつでも買ってもらえるでしょ？　いいなあ玉の輿《こし》」

乃愛ちゃんが手を伸ばす。触れられる直前で慌てて身体を引くと、彼女は表情こそ笑顔のままだけれど、明らかにムッとした色を浮かべた。

「えー。心春、性格わるぅい」

「っ、あ、ご、ごめん。でも無理」

「せっかく社長夫人になったのにケチなままじゃん。高校のときだってさ」

「高校の……？」

「そう！」

乃愛ちゃんは唇を尖らせた。綺麗な人だから、そんな仕草も様になる。

「スパイク履かせてって言ったらだめって」

「スパイク……？　あ、ああ」

あったな、とぼんやり思い出す。放課後、部活の準備をしているとき『それ履くと速く走れるの？　貸してよ！』と乃愛ちゃんにもぎ取られそうになったのだった。少し前体育の授業で私に負けたのが納得いかなかったらしい。

確かに、走ること以外では私は乃愛ちゃんよりどんくさかったけれど……。特に球技なんか壊滅的だし。でも短距離は私の専門なんだし、それに授業では私もスパイクじゃなくてグラウンドシューズだった。

そんなわけで、インハイ前で靴に変な癖をつけたくなくて断ったのだ。

「よく覚えてるね。でもねあの、大会前で」

「結局出てないじゃん～」

その言葉に苦笑する。

一瞬、一瞬だけあの夏を思い出す。インターハイ直前の学校のグラウンドだ。

照りつける太陽、グラウンドに吹く風、足元に落ちる黒い影。乾燥した砂の匂い。

湧き出す玉の汗を腕で拭う。暑すぎて蝉《せみ》も鳴かない、静かなトラック。一瞬でも速く走ることを追い求めていた日々。

全力で走ることを、あの日突然に奪われた。

でもそんな日々を支えてくれたのは乃愛ちゃんだった……。なのに、そんなことを言うだなんて。

まあ、もう何年も経っているからなと気分を切り替える私をじとりと乃愛ちゃんは見つめてくる。

「ほんっとケチ」

ぶつぶつ言う乃愛ちゃんは、それから私を見てにやりと笑う。

「でもそれはいつかもらうー」

「あ、あげないよ」

冗談かな、と思いつつも笑顔が引きつったとき、ようやく浦田さんが帰ってきてくれた。

「なんの話してたの？」

「それ社長からのプレゼントなんですってえ」

「あ、だと思った。似合ってるよ心春ちゃん」

浦田さんがにっこりと笑い、同じタイミングでランチも運ばれてきた。

「あー、やっぱ心春のセット、おいしそうだったなー」

私はクリームパスタで、乃愛ちゃんと浦田さんは和風パスタだ。あとはサラダとスープ、そしてパンが食べ放題だ。乃愛ちゃんの目が私のお皿に向いている。

「ちょっとちょうだい」

乃愛ちゃんは私のお皿を勝手に取り、数口勝手に食べてしまう。

「ちょ、ちょっと。それ心春ちゃんのでしょ」

「えー？　友達なんだから、なんでもシェアするのって当たり前でしょ」

ムッとした顔をしながら、乃愛ちゃんは私にパスタのお皿を返してきた。……あ、一番食べたかったイクラのところ全部食べられちゃってる。鮭とイクラのクリームパスタなのだった。

こういうのって文句言いづらいんだよね……って、人生で乃愛ちゃん以外からされたことないんだけれど。

「はあ？　なにそれ」

「いいじゃないですか。いっただきまーす」

乃愛ちゃんは自分のパスタを上品な仕草で食べ始める。私は眉を吊り上げている浦田さんに『ストップ！』の念をこめて目配せをした。

事実がどうなのかはまだわからないまでも、疑いを持たれ調査対象となっている乃愛ちゃんに警戒されてもいいことはない……と、思う。

浦田さんにも伝わったらしく、悔しそうに口を尖らせたけれどすぐに表情を変えてさりげなく仕事の話を始める。探りを入れるためだろう。瞬時に冷静になれるあたりはさすが、玲司さんとの血縁を感じた。

ランチが終わり、同じエレベーターに乗り込む。営業部のある階で乃愛ちゃんが降りる。

「法務に用事あんのー」

乃愛ちゃんにそう言った浦田さんは、私と一緒に社長室のある階で降りた。

「もしかして、なにか掴んだんですか」

「んー。いやね、ほら気心が知れた心春ちゃんとふたりきりだったら、油断してぽろっとなにか口にしないかなって……あたしがトイレ行く前から回しておいたんだ。これ」

ミニバッグから浦田さんが取り出したのは、薄型の音声レコーダーだった。

「ていうか、わかってたけどあいつ性格最悪ね。営業部でも孤立状態よ」

「そ、そうなんですか？」

「すっごい見下してくる感じ……と、玲司くん」

ちょうど社長室から玲司さんが出てきて、私たちを見つけた。浦田さんがさっきのことを説明すると、「そうか」と返事をしてから私をじっと見る。

「……どうしたんですか？」

「いや、新原になにかされてないか」

「まさか」

苦笑して首を振る。

「警戒しすぎです」

「いや、ああいう輩《やから》は、警戒しすぎくらいでちょうどいい。よし、今少し時間があるからそれを聞いてみよう」

「あの、でも、そんな内容のことはなにひとつ……」

「かなり調査が進んでいてな。心春が気が付かなかったなんらかのキーワードを口にしている可能性がある」

納得しつつ記憶をたどる。ううん、やっぱりそんな話はしていないと思うけれど。

社長室に入り、応接セットのソファにローテーブルを挟んで座る。私は浦田さんの横だ。なんとなく、仕事中は玲司さんと線を引いておくべきと思ったのだ。

そうして録音を聞き終わった玲司さんは前髪をかき上げたあと、私の手を取って強く言う。

「ここまでいろいろ言われたのだから、〝なにかされた〟に入る」

「は、入りますか？」

「入るよ……！」

レコーダーを持つ手を強く握りながら浦田さんは眉を寄せた。

「最悪じゃん、こんなの……ネックレスだって、こんなに執着したのは玲司くんからもらったって知ったからよね。心春ちゃんを傷つけてやる、傷つけたいって魂胆《こんたん》が丸見え」

「ええっ？　でも私を傷つけてどうするんです」

浦田さんは「うーん」と腕を組んで、それからぽそっと呟いた。

「『でもそれはいつかもらうー』なんて、本気で社長夫人の座を奪います、って宣戦布告よね。これからなにか仕掛けてくるかも」

私は目を丸くして、きゅっとネックレスのダイヤを握りしめる。違うと思う、と言いたいけれど……とてもそう言えないほどの気迫が彼女にはあった。

正面で玲司さんが「は」と乾いた声で笑い、口を開く。

「俺はあんな女に狙われるくらいのレベルなのだと思うと涙が零れそうだ」

そうして私を優しく見つめる。

「心春。なにも心配するな。絶対に俺が守る」

「はい」

私がはっきりと頷くと、玲司さんはホッと息を吐いた。


それから一週間ほど経った金曜日のことだ。

先に退社した私が家に着くや否や、バケツをひっくり返したような雨が降り始めた。

すぐにやむだろうかと様子を見てみたものの、一向にやむ気配がない。アプリで雨雲レーダーを確認すると、この雨はしばらく降り続くようだった。予報ではそんなことひとことも言っていなかったのになあ。

「大丈夫かな、玲司さん……」

と、玲司さんから私を気遣うメッセージが届く。

「着いてから降りだしたので大丈夫ですよ、と……」

それに【気を付けてくださいね】と添えた。もっとも社用車だと思うから、そこまで濡れることもないはずだ。

キッチンで、いつも通りにザ・庶民な夕食を作る。最近、玲司さんはこんなふうな夕食が好きなのだ。余ったら冷凍しておこうと思いつつ作ったのは、庶民おなじみの肉じゃがだ。

煮込んでいる間にサラダを作っていると、インターフォンが鳴ったあとに開錠する音がした。電子キーのため、開錠すると受信機にお知らせがくるのだ。

リビングを出て、玄関に向かう。

「おかえりなさ……れ、玲司さん⁉」

私はびっくりして彼に駆け寄った。スーツの色が変わってしまうくらい、べしょべしょだ。髪の毛からはぽたぽたと水滴が落ちている。

「た、タオルタオル」

慌てて洗面所に飛び込んで、大きめのタオルを引っ張り出し玄関に戻る。

「どうぞ、これ……あ、お風呂入ってますよ」

早く温まらなきゃ、と言いながらふと不思議に思う。

なんで玲司さん濡れてるの？　車は？

「あの、なんで……」

びしょ濡れの玲司さんは、玄関のあまり明るくない照明の下で俯いていて、よく表情が見えない。ただ小さく「少し」と掠れた声で呟いた。

「少し、考えたいことがあった」

「そう……なんですね」

私は近寄り、背伸びをして頭をタオルで拭く。

「なんにせよ、風邪をひいてしまいます。お風呂に行きましょう？」

「……そうだな」

微かに玲司さんが頬を緩める気配がして、私も微笑んだ。

お風呂からほかほかになって上がってきた玲司さんは、いつも通りの雰囲気に戻っていた。声も普通で安心する。

「心配をかけてすまない。あまりにも頭に血が上る情報を得てしまって、頭を冷やしたかったんだ」

「それにしてもやりすぎです。風邪をひいてしまいます」

「わかっていたんだが」

苦笑して玲司さんはソファに座り、それから大きく手を広げた。

「玲司さん？」

「心春、おいで」

目を瞬く私に、玲司さんは眉を下げる。

「来てくれ。癒やされたいから」

そう頼まれれば断れない。というか、なにがあっても駆けつける！くらいの勢いで玲司さんのところに向かう。きゅっと抱きしめると、そのまま太ももの上に斜めに座らされた。

ちゅ、と頭にキスが降ってくる。彼を見上げると、唇が重なった。触れるだけの優しいキスだ。鼻の頭同士をちょんとつけて、また離れて頬にキス。その間、彼は大きな手のひらで私の頭をよしよしと撫でたり、髪の毛を耳にかけたり、指の関節で耳をくすぐったりと動きを止めない。

とにかく慈しまれている、そんな気分になってくる。

「心春、かわいい」

玲司さんはたっぷりと糖分が煮詰まった声で言う。

目線を上げた私に、彼は目元を緩めた。

あ、笑いじわ。ほんのちょっとの、これくらいの至近距離じゃないとわからないくらいの、薄いそれ。本当にかわいい……。

きゅんとする私に、彼はまたキスを落とす。それから頭に頬ずりをして、少し名残惜しそうにしながら「なあ、心春」と私を呼ぶ。

「なんですか」

「答えたくなかったら、答えなくていい……怪我をしたのは、足首だったか」

「え？　えっと」

「……この間、ちらっと話していただろう？　その、高校時代の」

玲司さんが珍しく歯切れが悪い。私のことを気遣ってくれているのだろう。

「はい、左足首です」

あれ。

答えつつ内心首を傾げる。

どうして私が怪我をしたのが足首だなんて知っているんだろう？　言ったっけ？　……まあ、言ったんだろう。玲司さんが知っているんだから。

「そうか」

玲司さんが私の左足首に触れる。もうなんの痛みもない、そこ。大きな手術をしたわけでもないから、傷跡はすっかりと消えた。皮膚の内側で骨が折れ靭帯《じんたい》が切れて、私は全速力を奪われたのだった。

「……悔しかったよな」

ぽつりと玲司さんが呟く。その声が掠れていて、私は胸が詰まってしまう。

そんなふうに悲しんでくれるの。もう、十年も前のことを。

「まだ走りたかったか」

そう言われて、私は一瞬また、あの静寂を思い出す。

号砲前のしじま。心臓の音さえ聞こえてきそうな、そんな空間。あの数秒が好きだった。歓声さえ掻き消え、ピンと張りつめた空気感。

そしてあの日のことも——落ちている、と気が付いたときには、私は階段でしたたかに身体を打ち付けながら転がり落ちていた。投げ出された足音が嫌な音を立てるのも、ようやく止まったときに頬に感じた、ひんやりとした廊下のリノリウムの感触も昨日のことのようにはっきりと覚えていた。窓の外に広がる入道雲、聞こえる悲鳴、遅れてやってきた激痛。緩慢に理解していく、私はもう本気では走れないってこと。

「………………」

私はなにも言わず、彼の胸に顔をうずめた。今さら泣かない。もう涙は出尽くした。

それでも玲司さんは私の背中をずっと撫でてくれた。撫で続けてくれた。泣きじゃくる子どもを慰めるみたいに、ずっと、ずうっと撫でてくれたのだ。

　玲司さんはそれからはいたって普通だった。普通に見えた。なにか深く考えているようだったけれど、私はそれを無理やりに聞き出そうとは思っていなかった。なんとなく、聞けば教えてくれるだろうなという予感はあったけれど、玲司さんが少なくとも今は私に知らせる必要がないと判断したのだから、聞かなくていい。彼を支える方法は、無理やり本音を聞き出す以外にもたくさんあるのだ。……そう思っていたけれど。

「ちょ、ちょっと待ってください。この格好は一体っ」

「いや、すまない。どうも君と結婚して俺の性癖はねじ曲がってしまったみたいでな」

「い、いえ。玲司さんがお求めならなんでもさせていただく所存ではありますが……っ、あんっ」

「はは、かわいい」

「ほ、本当にこんなことで玲司さん癒やされるんですかっ」

「ん？　癒やされる癒やされる」

「嘘だあ……んんっ、玲司さんのえっち……っ」

　……具体的になにがあったかは、一生秘密にしておきたい。

とまあ、そんなふうに過ごしているうちにあっという間に時間は過ぎ、視察の日がやってきた。

その間にも、藤木さんや浦田さんをはじめとした営業部、それから乃愛ちゃんの採用に関わった人事部の面々に、玲司さんが直接ヒアリングを行った。

この件に関しては箝口令《かんこうれい》をしかれ、さらに私は乃愛ちゃんと関係性が深すぎるという理由で、あえて調査から外してもらった。かわりに会長付きの香椎係長がこの件に関してはサポートに入ってくれた。だから、乃愛ちゃんの件がどうなっているのかはわからないけれど……とにかく、早く解決するといいなと思う。

二時間ほどで着陸した飛行機から降り、温泉旅館からの迎えのハイヤーに乗る。黒塗りの高級外車、それも広々としたセダンで、私はちょっとびくびくしてしまった。

「どうした？」

不思議そうな玲司さんに苦笑を返す。きっといつも乗せてもらっている玲司さんの車のほうが高級車に分類されると思うのだけれど、そこはそれ。生まれも育ちも弩《ど》級《きゅう》の一般庶民は、なかなかラグジュアリーな雰囲気には慣れない。

窓の外はすっかり暗闇に包まれていた。

「疲れていないか？」

心配そうに聞かれて、こくんと頷く。移動は今回もファーストクラスをとってもらったし……と、もちろん経費にはしないらしい。

要は、私への温泉旅行のプレゼントだった。素直に嬉しい。

お礼になにができるかなあ、と夜の街を眺めながら考える。なにしろ玲司さんの信条は欲しいものは手に入れる、なので私が今さらモノをプレゼントしても微妙だろう。というか、玲司さんは御曹司なのに……いや、御曹司だからこそか、下品に散財するような使い方はしない。持っているものはどれも超一流のものだけれど、それは見栄ではなくて本当に質のいいものを選んでいるだけなのだった。うーん。

……ここまで悩むのならば、いっそ思い切って聞いてしまうのがいいかもしれない。

「あの、玲司さん……なにか欲しいものはありませんか」

「心春、どうした？」

「欲しいもの？」

「はい。今回旅行にまで連れてきてくださいましたし、いつもお世話になっていますし。玲司さんにお礼がしたいんです」

「礼、か。そんなものどうでもいいよ。夫婦なんだし」

それに、と玲司さんは続ける。

「俺は俺のしたいようにしているだけ」

「それがありがたいんです」

にこりと笑って彼を見上げると、玲司さんは困ったように肩をすくめた。

「そうか、欲しいものか」

「なんでもいいです。ないなら、やってほしいことでもいいです。なんでもやりますよ」

「……なんでもいいんだな」

「はい。不肖この本城心春、女に二言はありません」

私は胸を張り、しっかりと頷いた。玲司さんは口角を片方だけ上げる。ちょっとワイルドみのある、そんな微笑み方だった。きゅんとしてしまう。

「なら、またあとで言うよ」

「ええ、今聞かせてください」

そう言って口を尖らせる私に、玲司さんは笑うだけでなにも答えてくれなかった。

ややあって到着した温泉旅館は、湾を臨む眺めのいい旅館だった。観光地ということもあり、中心地には観光ホテルが立ち並ぶが、そこから少し離れているためか閑静で落ち着きのある雰囲気の旅館だ。目の前には海が広がり、砂浜には風情ある松の木が並んでいるのが月明かりでぼんやりと見えた。

すでに時刻は二十二時近い。

案内された離れの部屋に、思わず歓声をあげた。広々とした本間のほかに、奥の間と広縁。さらに濡れ縁の向こうには部屋付きの露天風呂が見えた。さらに内風呂まであるらしい。

「お久しぶりにお会いしたと思ったら、奥さん連れてらっしゃるなんて」

女将さんは玲司さんの知己らしい。五十代くらいの楚々《そそ》とした女性だった。

なんでも、ここはお義父様の常宿で、玲司さん自身は子どもの頃何度か家族旅行で訪れたことがあるということだった。

「お世話になります」

「一泊だけと言わず、今度はゆっくりいらしてくださいね。……あ、主人がのちほどご挨拶に参りますので」

「お気になさらず」

答える玲司さんに、そういうわけにはと女将さんは微笑んだ。

「でももう本日はお疲れでしょうしね。明日伺うよう申し伝えます。それから軽食、用意してございますので、よろしければ」

女将さんの言葉にお礼を言って頷く。

空港でも食べていたため、せっかく用意してくれたのにお腹に入るか心配だったけれど、本間の座卓に用意されていたのはおいしそうな鯛の出汁茶漬けだった。たっぷりの鯛のお刺身が載った小ぶりのどんぶりに、自分で出汁をかけて食べるスタイルだ。ふんわりと香る出汁に、お腹がきゅうっと鳴る。

「ふっ」

私の横で玲司さんが噴き出した。私はムッと唇を尖らせて彼を見上げる。ちょっと頬が熱い。そんな私を見て、玲司さんはにこやかに私の頭を撫でた。

「悪い。かわいかったから」

私を見てくる、優しくて穏やかな瞳。

……本当に、普段冷血だのクールすぎるだのと言われているのが嘘みたいだ。

「あらあ、仲がよかとですねえ」

女将さんの言葉にハッとする。恥ずかしくて慌てる私をよそに、玲司さんは飄々とした様子で口を開く。

「そうでしょう」

「本城様のほうが惚れてらっしゃるのでしょ」

「そうなんです。惚れぬいて、少し前にようやく口説き落としたところでして」

「あらあ、ラブラブ。よくお似合いやしね」

女将さんは微笑みながら、綺麗な所作で緑茶を淹れてくれた。

私はというと、妙に頬が熱い。ラブラブだって……！

お似合い、だって。

胸がきゅんとする。少なくとも、不釣り合いだとは――リップサービスもあるのだろうけれど――思われていなさそうで安心したのもある。でも、玲司さんの言葉にきゅんきゅんしてしまったのだ。惚れぬいて口説き落としたなんて、ほかの人に堂々と言えてしまうくらい大切にされているんだって……。

「どうした？」

「玲司さんにきゅんとしてしまいました」

小さい声でそう返す。

「……惚れたか？」

「惚れなおしました」

囁くようにそう答えると、玲司さんはとっても嬉しげにする。

女将さんが退室した部屋で、向かい合って出汁茶漬けをいただく。薬味も何種類も用意されていて、いろいろな風味が楽しめそうで嬉しい。

「うっわあ、おいしい……！」

もぐもぐと食べている私を、玲司さんはじっと見つめている。

「……なにか？」

「いや？」

玲司さんは片方の眉を軽く上げ、微笑んだ。

「君はなにをしていてもかわいいなあと」

そう言う彼こそ、すごく端整でかっこよくて、いちいち私をときめかせてしまうのだ。

「明日は昼からか」

「はい、明日こちらに入られる方がほとんどなので」

「じゃあ少しゆっくりできるな」

優しく言われて頷いた。

「玲司さん、最近この工場の件や、新原さんのことで明らかにオーバーワークですから。せめて明日のお昼まではゆっくりされてください」

「オーバーワークのつもりはないけれど」

「明らかに人ひとりの仕事量ではないですよ」

言いながら、あれ？とも思う。

玲司さんを恋愛的に好きになる前、私はお仕事をバリバリこなす彼に心酔していた。もちろん健康状態は気にさせてもらっていたけれど。

なのに今はただひたすらに心配だった。もちろんお仕事を次々にこなす姿はかっこいいし、尊敬している。でも、前の感覚と違う。

そうか、私にとって玲司さんはもう〝推し〟っていうだけじゃないんだ。大切にして慈しむべき夫で、家族で、大切な人なんだ。

「心春、どうした？　疲れたか」

さすがに長距離移動だったからなあ、と玲司さんが眉を下げた。仕事中の怜悧な瞳とはまったく違う、慈愛に満ち溢《あふ》れた瞳。

「すまなかった、どうしても……最近ゆっくりふたりで出かけられていなかっただろう？　少し君とゆっくりしたくて」

「いえ」

私は立ち上がり、わがままだったな、と言う彼の横に座った。そうして彼の手に触れ、まっすぐに言う。

「嬉しいです、連れてきてもらえて」

「心春」

「その、今ぼうっとしていたのは……玲司さんが私にとってとても大切な人なんだって再認識していただけで」

「ほう。ずいぶん嬉しいことを言ってくれるな」

口調は余裕のあるものだったけれど、玲司さんの耳が少し赤い。

……たったこれらいで照れてくれるだなんて。嬉しそうに目を細めてくれるだなんて——私はどれほど、彼に愛され大切にされているのだろう。きゅんとして、ときめきが止まらない。

玲司さんが私の頬を撫でて、そっと唇を重ねてきた。柔らかで温かなこの感触に慣れつつあるようで、実際は全然慣れてくれない。

もう何回キスしたかなんてわからないくらいなのに、キスをするたびに初めてのキスみたいに緊張するし、嬉しくてときめいてしまう。

ゆっくりとキスが深くなる。口内を彼の舌でたっぷりと舐め上げられ、頭の芯がじんとしびれてしまう。下唇を軽く甘く噛んでから彼は私から口を離した。

柔らかに微笑む彼に笑い返すと、玲司さんはぽんぽんと頭を撫でてくれる。

「風呂、行くか」

「あ、玲司さんお先に」

そう答えた瞬間、玲司さんは「ふは」と笑って私の頬をむにりと優しくつねる。

「ここまで来て別々だっていうのか？」

「ええ……と……？」

「俺は君と一緒に入りたい。どうだろう」

「どう……どう⁉」

一気に頬が熱くなる。きっと目は大きく見開いているはずだ。

れ、玲司さんと温泉に……入る⁉

目を白黒させたり頬を赤くしたりしているであろう私の頬を、玲司さんはむにむにと揉《も》んだ。

「いいだろ？」

「でも」

「さっき約束したじゃないか」

玲司さんはにやりと笑う。

「なんでもするって」

「……え」

私は金魚みたいに口をぱくぱくとさせる。そんな、まさかこんなところで使ってくるとは思っていなかった……っ。

「で、でも。そもそもですね、私がそんなことを言い出したのは、玲司さんにゆっくりリラックスして休んでもらいたいと思ったからでして」

「ん、大丈夫だ。君といると常に最高に素敵な気分だから。それとも癒やしてくれるか？」

少し前に玲司さんが『癒やされる』と主張して私にした様々な破廉恥《はれんち》な所業を思い出し、ぶんぶんと首を振る。

「してほしそうな顔をしているな」

「してませ……やんっ」

首筋を彼の指がつうっと撫で上げた。

「本当に？」

私を見てくる目つきが、信じられないほど色気があった。玲司さんほどかっこいい人がこんな表情を浮かべると、破壊力がすごい。

陥落しそうな意識を必死で叱咤して、私は上ずった声で「お風呂行きましょう！」

と大きく叫んだのだった。

羞恥心で死んでしまいそうになりながら、脱衣所で身体をバスタオルで隠し服を脱ぐ。脱衣所といってもかなり広い。ガラス張りの内風呂に繋がっていて、もうひとつのガラス戸を出れば露天風呂だ。

「裸なんか、普段見ているのに」

玲司さんは不思議そうに、でもたっぷりとからかいを含んだ口調で言った。私はムッと彼を見上げる——細身の引き締まった体躯で彼は肩をすくめた。さっと目を逸らすと、玲司さんは楽しそうに目を細める。

一緒に檜《ひのき》造りの浴槽に向かう。かけ流しのそこに入ると、じんわりと温かさに包まれる。

「うわあ、気持ちがいい……」

思わずそう言って、慌てて口を押さえた。外だから、あまり大きな声だとほかの宿泊の方に迷惑がかかるかもしれない。

「大丈夫だ。この離れは一番隅だからよほど大声じゃない限りは迷惑にならない」

私の隣でそう言って、玲司さんは苦笑した。

「以前、俺がまだ小さかった頃、両親と兄とここに来て。はしゃいでしまった俺に兄がそう教えてくれて」

玲司さんはそう言ってから少し黙った。それからぽつりと口を開く。

「俺と兄の関係は少し変だろう？」

唐突だけれど、確かに思っていたことを言われて微かに首を傾げた。玲司さんは目を柔らかく細める。

「遠慮するな。実際変だと思う。年齢差だけじゃない、……俺が一方的に距離を置いてる」

黙って頷くと、玲司さんはぽつりと続けた。

「……俺は兄には敵わないと思っているんだ」

「え？」

じっと玲司さんを見つめると、玲司さんは空を見上げた。満天の星だ。耳を澄ませば、潮騒が聞こえる。

「俺がどれだけ努力しても。あの人は飄々と先を行く」

「十歳も違うんです。そう感じてしまうのは当然では」

今はともかく、子どもの頃なんて到底追いつけない年齢差だ。

「まあ、そうなんだろうがな。沁みついたものはなかなか拭えない。気にする必要はないはずなのに、比べられているという意識が拭えないんだ。もう社内の人間だって、兄のことなんかすっかり忘れているか、知らない人間だって多いのに……なのに、癖になってしまっているんだろうな」

そう言って、つい数年前まで必ず『ああ、誠司くんの弟か』と言われていた過去について話してくれた。冗談交じりで、明るい口調だったけれど……。

どれだけ玲司さんが苦しんだのだろう。そう思うと、胸がぎゅっと痛い。

「まったく、自分が弱くて嫌になる。いつまでも兄に素直になれない」

そう言う玲司さんの腕に、そっと触れた。

「確かにお義兄様はすごい方なのかもしれません。でも、玲司さんはこの肩に、手に、従業員、そしてご家族を含めれば一万人近い人の生活を背負っています。そのプレッシャーに負けず前を向くあなたのどこが弱いのでしょう。玲司さん」

私はじっと彼を見つめた。

「あなたは世界一、かっこいいです」

「……それは言いすぎじゃないか？」

そう言って彼は片手で目元を覆い、天を仰ぐ。唇は笑っていたけれど、泣いているようにも思えて、私はなにも言わずにただ寄り添った。私にできるのは、きっとそれくらいだと思ったから。

「ありがとう、心春がいるから俺は存在できる」

その日の夜は、ぎゅっと抱き合って眠った。

居心地のいい布団の中、ぴったり寄り添って、溶け合うみたいにして。

お互いの吐息と、遠くで打ち寄せる波の音だけが、温かな空間に響いていた。

翌朝、玲司さんはいつも通りの玲司さんだった。

「午前中はデートしてから向かおうか」

私はにっこりと頷く。きっと最初からそのつもりだったんだろうな、と思う。というか、最初に結婚の話が出たとき言っていた〝寺社めぐりと家庭菜園が最近の趣味だ〟というのは策略だったのだろう。というか、普通はあの時点で彼の気持ちに気が付くんじゃないだろうか。私が頑なに異性からの好意をシャットダウンしていただけで。

地元の海の幸山の幸がふんだんに使われた朝食を堪能したあと玲司さんが連れてきてくれたのは、工場建設予定地から少し行ったところにある大きな神社だった。町中にぽつっと急に現れる鬱蒼《うっそう》とした鎮守の森に抱かれるように神社は鎮座していた。参道にはお土産屋さんが立ち並ぶ。まだ早い時間だからか、観光客の姿はまばらだ。広い駐車場にも観光バスがぽつぽつあるくらい。

「歩きにくくないか?」

境内の砂利道を歩きながら玲司さんが心配してくれているのは、私がスーツで、それに合わせてパンプスを履いているからだ。なにしろこのあとすぐに建設予定地に向かうので。

私はにっこりと笑う。

「大丈夫ですよ。そう高いヒールではないので」

「そうか。ならいいんだ」

そう言って頬を緩める玲司さんもまた、スーツ姿だ。シャツにベストで、ジャケットは腕にかけていた。私も暑くてジャケットは脱いでいた。九月半ばとはいえ、まだ日中は夏めいている。森の木々から、ツクツクボウシが鳴いているのが聞こえる。もう聞き納めだろうなと、秋めいている空を見上げて思った。

「ところで、なんで寺社めぐりが好きなんだ」

ふと聞かれ、小さく首を傾げた。

「うーん。もともとは高校が日本史選択で、そこで興味を持ったのがきっかけですね」

趣味なので、ほかに高尚な理由なんかはないのだけれど。

「俺は世界史だったたな。懐かしい」

「どうして世界史に？」

「世界全体の歴史の流れを知っておきたかった……というのは建前で、日本史はあまりにも〝藤原《ふじわら》〟が多すぎて覚えるのが面倒くさかったからだ」

私は立ち止まって目を丸くする。それから大きく笑った。

「意外です！　でも世界史のほうが大変そう。ええと、マルクス・アウレ……あれ」

「マルクス・アウレリウス・アントニヌス？」

「そうです。そっちのほうが大変そう」

「藤原冬嗣《ふゆつぐ》だの藤原長良《ながら》だの藤原良方《よしかた》だののほうがごちゃごちゃしている」

「今、私の知らない藤原さんが通りましたね。詳しいじゃないですか」

そんな、あんまり意味のないような会話が楽しくてたまらない。そこから高校時代の話になって、今まで知らなかった玲司さんの話を聞く。好きな人のことはいろいろ知りたいから、どんどん質問してしまう。

玲司さんが高校のときはバスケをしていたのは知っていたし、それから大学はアメリカの大学を飛び級で卒業したのも知っていたけれど、まさか渡米のそもそものきっかけはバスケだなんて知らなかった。

「え、バスケ留学でアメリカの高校に行って、そこから大学に進学して……ってことだったんですか⁉」

「最初はな。大学に入学してからは勉強に集中するために趣味程度に抑えたけれど」

「ええ……なんですかそれ、かっこいい」

私は玲司さんを尊敬のまなざしで見つめる。きっと、凡人である私には想像を絶するような努力と我慢の成果だろう。ほかの人なら〝これくらいでいいか〟と手を緩めるところで、玲司さんは絶対に踏ん張る人だから。なんというか、そういうところが大好きだ。

玲司さんは「ふ」と笑って私の頭をぽんぽんと撫でて、それから目線を上げた。

玲司さんの視線の先を追う。そこには、本殿前の鳥居の近くで、こちらを見て手水場で固まっている男性がふたり。ひとりは作業服で、もうひとりはスーツ姿だ。……と、スーツ姿の男性には見覚えがある。

「遠賀《おんが》社長！」

私が声をかけると、彼は玉砂利を小走りにこちらにやってくる。白髪で少し小柄な、眼鏡をかけた男性だ。

「本城社長、奥様。このたびはご足労いただきまして」

「いえ、遠賀さん。お忙しいところありがとうございます」

遠賀社長は関連企業の社長だ。今日の視察に同行してくれる予定だ。背後にいた作業服姿の男性も慌てた様子でやってくる。

「こちらウチの技術主任の……」

遠賀社長が紹介しようと彼を振り向いたとき、玲司さんは目礼して口を開いた。

「田川《たがわ》さんですね。御高名はかねがね」

「っ、恐縮です」

田川さんは頭を下げる。

私は正直、玲司さんの記憶力に舌を巻いた。田川さんは大学工学部に在籍していた頃から研究論文が世界的に注目されていたトップクラスの技術者で、大きな賞もとっている。

当然私も名前は存じ上げていたけれど、さすがに初見でお名前と顔が一致するほどではなかった。玲司さんの記憶力がいいのもあるだろうけれど、それ以上に関連企業を含めて従業員を大切にする人なのだ。田川さんみたいに、貢献してくださる方はなおさら。

私を含めお互いに挨拶を済ませたところで、疑問だったことを聞いてみる。

「ところで、なにかあったのですか？　あそこで固まってらっしゃったので」

私はふたりを見て首を傾げた。遠賀社長と田川さんは互いに顔を見合わせたあと、先に田川さんが噴き出す。

「いや、あのですね」

田川さんの物申す感じではなく柔らかな言い方に、方言のほうの〝あのですね〟だと気が付いた。文句があるときの枕詞的なやつではなく、九州の方言では話し始めの合図のようなものらしい。今朝、食事の配膳に来てくれた中居さんが使っていて少し不思議に思っていたところを、玲司さんが解説してくれたのだ。

特に福岡《ふくおか》で使うものらしいから、中居さんも田川さんも、出身自体は福岡なのかも……って、ほんとに玲司さんって、なんでも知っているなあ。

「あのですね、うちの遠賀が『本城社長はクールで表情も変わらん人やけど、怖がったらいけんよ。話はきちんと聞いてくれる人やけん』なんて言いよったんですよ。ちょうどその手水場で」

そう言って目線をそっちに向けてから微笑む。

「けど、そしたら遠賀が本城社長を見つけてですね。挨拶せんとって顔を見たらにこにこしとらすやないですか。あんな甘い目をして奥さん見つめてらっしゃる人なのに、社長、大げさですよ」

後半は遠賀社長に向けた言葉だった。遠賀社長は眼鏡のつるを持ってまじまじと玲司さんを見つめた。

「ああ、いやあ……結婚されて、雰囲気がずいぶん変わられましたね」

「……お恥ずかしいところを」

玲司さんはちょっと照れているようだった。こういうのは珍しい。思わず観察してしまう。

「とてつもない甘々なカップルがいるなあ、と目をやったら本城社長が笑ってらっしゃったので……僕は幻覚を見たのかと固まってしまったんですよ」

苦笑する遠賀社長に、玲司さんも苦笑し返した。

遠賀社長たちは、工場予定地が正式決定されるように祈りに来たらしい。

「当然、うちの売り上げも期待できますからね」

とのことだった。この神社は商売繁盛の神様でもあるのだった。

結局、四人並んで参拝をする。

「あのご神木は、だいたい樹齢五百年くらいで。なんとあの家康《いえやす》が」

なんて解説をおふたりから受けているときに、玲司さんがふらりとお守りの授与所のほうに行ったのが見えた。なにか欲しいお守りでもあったのかな？

その後遠賀社長の車に同乗させてもらうこととなり、予定地へ向かう。地権者ともおおむね話がついていたものの、一部の意見のすり合わせを玲司さん主体で行う。立地なんかは問題ないようだった。空港にも幹線道路一本で行けるし、ほかにも精密機械系大手の工場が進出していることもあり、住民の皆様からの反対も特にない。若い人が増えるからいい、と市の担当者の方も笑顔だった。

「ただ物価の高騰が予想以上でして」

人件費も含め、当初の予算を大幅にオーバーするとの見方で、現場で二の足を踏んでいる状態だった。

「ここで予算を渋るのは悪手です」

資料をすでに読み込んでいた玲司さんの鶴の一声で増額が決定し、関係者一同胸を撫で下ろした。

その帰り。

夕暮れに染まる空港のラウンジで飛行機を待っている私の手を、ふと玲司さんが握った。手のひらには、なにか布の感覚。

「玲司さん？」

「……お返しだ」

「え？」

なんのことだろう、と手を開く。そこにはかわいらしい桃色のお守りがあった。健康御守、と書いてある。

「……これって」

さっきの神社のお守りだ。もしかして、さっき買いに行っていたのって、これ？

「あ、ありがとうございます……！」

「いや。以前、これをくれただろう？」

玲司さんがスーツの内ポケットから取り出したのは、以前京都の神社で買ってプレゼントした健康御守りだ。……持ち歩いてくれていたんだ！

スーツは玲司さんはたいてい自分でクリーニングに出してくれるので、内ポケットに入れて大切にしてくれていただなんて、知らなかった。

「嬉しいです……！」

「いや」

そう言って玲司さんは目を優しく細め、さらりと私の髪を撫でた。甘えて擦り寄りたくなるのを我慢する。人前なので……って、さっき神社でもいちゃついていたわけではなかったと思うのに、いろいろバレてしまっていたなあ。

「そういえば、玲司さんはなにをお願いしたんですか？」

「ん？　神社でか？」

はい、と頷く私に玲司さんは笑った。

「心春の健康」

「……え、わ、私の健康⁉」

思わず目を丸くして、それからふふふと笑ってしまう。

「玲司さん、商売繁盛の神様になにお願いしているんですか」

「いいだろう？　商売のほうは俺がなんとかするけれど、心春の健康は神にも頼みたい」

私はふわふわしてむず痒《がゆ》い気持ちになる。とっても大切にされている、とっても慈しまれている。それを強く感じるから。

「心春は？」

そう聞かれて、苦笑した。

「新工場建設がうまくいきますように、それから玲司さんが元気で幸せでいてくれますようにって」

今度は玲司さんがきょとんとして、それから大きく噴き出した。

「ふたつも？」

「ふたつもです。欲張りだったでしょうか」

「いや」

玲司さんは笑って私の頬を撫でる。そうして、続けた。

「君はもう少し欲張りでいてくれてもいいよ」


視察から帰ってきて、玲司さんの仕事はほんの少し、ほんの少し落ち着いた。乃愛ちゃんのことも最近動きがないようで、ヒアリングもされていない。ただ、家でくつろいでいるときでも、なんとなく考え込んでいることがあるので、おそらくかなり深い水面下でなにか動いているのだろうけれど……この件に関してはノータッチでと決めたからなあ。

そんなふうに思っていた、ハロウィンも近いある日の午後に、広報部の同期から内線がかかってきた。

『ほんっとごめん、森下さん。利用するようで悪いんだけど、ちょっと話を聞いてくれないかな』

その同期がとても鹿爪《しかつめ》らしい顔をして訪ねてきたのは、退勤ギリギリの時間だった。手にはカフェの紙袋。新作のデザート系パフェを携えて、しずしずとやってくる。

「なにか魂胆がありそうな予感」

はっきり告げると、「そうなの！」と彼女は私に抱きついた。

「わ、零れる零れる！」

ハロウィン限定パンプキンクリーム増し増しクリーム系ドリンクがっ。

ごめんごめん、と同期は横のデスクの椅子に座り、改めて私に向けて手を合わせてきた。

「実は次のCMのことなんだけれど」

「ああ、世界で活躍する日本人シリーズ？」

うちの会社は世界中に展開していることもあり、近年のCMに海外で活躍する日本人を起用している。短編をテレビで放映し、フルインタビューを会社のホームページにアップしていた。スポーツ選手やモデル、アニメーターなど職種は様々だ。

「で、次に本城誠司さんを起用したいって話になっていて」

「え、誠司さんって」

「そう、社長のお兄様の」

「普通にコンタクトとればいいんじゃない？　多忙ではあるだろうけれど……」

なにしろあの明るい性格だ。特にメディア露出を控えているわけではなさそうだし、タイミングさえ合えば快諾してくれそうだ。

「それがさあ、断られちゃって」

「ええっ、なんで」

「それがわからないの」

「玲司さんは……」

「まだそこまで話、上がってないと思う。今度の定例会で上げたいみたいで、それまでに誠司さんとどうにか接触しろって突き上げくらっちゃって」

同期の子は上目遣いで「おねがーい」と眉を下げた。

「お義兄さんでしょ？　どうにか話だけでも聞いてくれるように、頼んでくれないかな？　あ、もちろん社長には内緒でっ」

「うーん……」

胸中でいろんな感情が渦巻く。玲司さんが誠司さんに対して抱いている複雑な感情は、妻とはいえ深入りすべきではない部分なのだろうと思う。土足で入り込んでいい部分ではないし、おせっかいすぎるとも思う。

ただ、もし、彼がなにかのきっかけを求めているのであれば。

だって玲司さんはこうも言っていたのだ。『素直になれない』って。そんな自分が嫌なんだって……。

素直になれないってことは、素直になりたいってこと……なのかもしれない。

玲司さんはＣＭの撮影なんかに積極的に関わるタイプじゃない。だから、仮に誠司さんの起用が決まったとしても、関わりたくないのなら決裁だけで済ませるだろう。

でも、もし仮に、玲司さんがきっかけを求めているのなら。

そうなのだとしたら、これはチャンスだ。

「お願い」

そう言う彼女の声に、ハッと彼女に視線を戻す。その視線には必死な感情がこもっていた。

私もこくりと頷く。

「わかった。なんとか連絡を取るくらいはやってみる」

「ありがとっ」

彼女は顔を上げ、心底ホッとした顔をした。多分板挟みで大変だったんだろう。

帰宅して、以前いただいたストールと一緒に入っていたブランドの名刺を取り出す。裏面に電話番号が書かれている——多分、これは個人的な連絡先なのだろう。

私はため息をついて、その番号をタップした。なんと誠司さんは都内にいた。新しく直営店を銀座《ぎんざ》にオープンするらしく、その準備に帰国していたらしい。

『ああ、話くらいなら構わないよ。ただ、やっぱりCMは難しいかなと思うのだけれど』

「どうしてでしょうか」

『んー……』

言いにくそうな誠司さんに、小さく肩をすくめた。とりあえず、会ってみて聞けるようなら理由を聞こう。

「ところで、お会いする日時ですが」

『ああ、いつがいいかな』

「誠司さんのご都合に合わせます」

それならば……と会う日時を決め、軽くため息をつきながら通話を切る。その手を大きな手のひらが掴んだ。

「兄貴に会うのか」

低い声だった。ハッとして目線を上げた先で、玲司さんが目を眇め、私を見ていた。どっと全身から汗が噴き出る。いつのまに帰宅したのだろう？　電話に集中していて、気が付かなかった……！

「あ、あのこれは、その」

違うんです、とか曖昧な言葉しか出てこない。正直に話すべきなのだろうけれど、玲司さんから初めて向けられる冷たい視線にうまく言葉が出てくれない。

「……すまない」

ふ、と玲司さんが手の力を抜く。私は慌ててその手を握った。

「あの、違うんです、理由が」

「……悪い、とにかく今は聞きたくない。子どもみたいですまない」

私は全身から血の気が引くのを覚えた。ああ、ここは踏み入れてはいけない領域だったのだ。

読み間違えた。

「ごめんなさい……」

謝る私を、玲司さんはしっかりと抱きしめてくれた。けれど、それ以降、どうしても理由を話せる雰囲気になってくれなかったのだった。

「ご連絡いただければ、すぐにでもご挨拶に伺いましたのに」

オープンするという銀座の店舗で、私は誠司さんに頭を下げていた。もうこうなったら全て解決して玲司さんに事情を知ってもらうしかない。決裁書類がいくか、会議で誠司さんの名前が出れば、聡《さと》い玲司さんのこと、すぐに全てを理解してくれるだろう。

まだ内装工事をしているその店内で、誠司さんはときおりスタッフさんに指示を出しつつ、小さく苦笑を浮かべた。

「いやあ、なかなか忙しくて。連絡もらえてよかったよ」

「CMの件も厳しいですか?」

「うーん……」

誠司さんはそう言って「ちょっと座ろうか」と奥の事務室に案内してくれる。

事務室といっても上品なソファや観葉植物がある、ちょっとラグジュアリーな空間だ。とはいえ、今はいろいろな資材がいっぱいで、ひっきりなしにスタッフさんや工事関係の人が出入りしていた。

「いやあすまないね、落ち着かなくってさ」

「いえ、お忙しいのに押しかけて」

「……確かに忙しいんだけどさ、別に玲司と心春さんに会ったりCM出るくらいの時間がとれないわけじゃない。CMなんて特にね、ブランドイメージの向上に繋がるし」

「え」

私は首を傾げる。

「では、なぜ」

内装工事の音が響く事務室内で、向かいに座った誠司さんが腕を組み、ソファの背に身体を預ける。

「玲司に関わらないといけなくなるだろう」

「と、いうと？」

あの日の玲司さんの低い声を思い出し、背筋が冷えた。思っている以上に、この兄弟の関係はこじれているのかもしれなかった。

「……オレはね、玲司に嫌われている。……いや、もしかしたら」

誠司さんは目を閉じて呟いた。怖くてたまらないって顔をしていた。

「蔑まれているかもしれない」

「蔑まれる？　まさか、そんな」

「……そうだね。玲司はそんなやつだ。いつだって公平で冷静で」

そう言ってから目を開き、誠司さんはぽつぽつと言葉を続ける。

「玲司は昔からそうだった。なにをやらせても文武両道で、オレにとっても自慢の弟だった。そんな弟の誇りでいられるように、オレは頑張っていた。……といってもそう大変じゃなかったよ。オレは多分生まれつき器用で要領がいい。だから」

そう言ってから思い出すように目を細める。

「そんなオレに、玲司は懐いてくれた。どこに行くにも兄ちゃん兄ちゃんってついて歩いて」

「なにそれ詳しく」

「え？」

最推しであり愛する玲司さんの超貴重幼少期かわいいエピソードに、つい欲求が口に出てしまった。

「こほん。失礼しました。どうぞ続きを」

「ん？　いいのかな」

不思議そうにしながらも誠司さんは口を開く。

「オレは玲司の自慢の兄でありたかった。だから——最初は、オレが会社を継ぐ気でいた。ずっとそう難しいこともない人生だった。会社の経営なんて大したことないって、そう思っていた」

そうして息を吐いた。

「でも。違った。オレはね、出社初日にトイレで吐いたんだ」

私は目を丸くする。誠司さんの表情は変わらなかった。

「入社式のね。もちろん入社する側だったんだけれど。たくさんの人がいた。会社で偉くなるってことは、経営するってことは、その人たちの人生を丸ごと背負うことなんだと気が付いて——怖くなった」

「それは、仕方ないのでは……まだ新入社員でらっしゃったんですし」

「そうかもしれないね。でもオレには耐えきれなかった……だから逃げた」

にっこりと誠司さんは笑う。

「やりたいことができた、会社は継がないと。オレが逃げたならば、その重圧が全て玲司にのしかかるだなんて、想像さえせずに」

「そ……んな」

私は言葉を失う。

誠司さんは多分、頭のいい人だ。そんな人が後先考えられなくなるほど、会社を継ぐというのは重いことなのだ。真面目であれば、あるほどに。

誠司さんは苦笑する。

「そんなオレのことを、玲司が呆れて見放してしまうのは当然のことだと思う。蔑まれているんじゃと怖くて、オレは日本に帰国できなかった。玲司の顔が見れなかった」

「誠司さん……」

「後悔して後悔して、必死でブランドを立ち上げた。玲司と同じ立場になれば、あいつの顔を正面から見られると思って……ねえ、心春さん」

私を呼び、悲しそうに誠司さんは笑う。

「変だと思わないか。あまりにも性急だと思わなかったか？　まだ二十代の玲司が重役に就くこと、ＣＥＯなんて重責を負わされてしまうこと」

「……それは、玲司さんが……」

優秀だから。努力をしてきたから。誰よりも前を向いて進んできたから。

そう思っていた。ううん、それも真実だ。でも……。

世界は私が思っているよりも、もっと残酷なのかもしれない。

「玲司はね、十年ぶん短縮させられているんだ。どれだけのものを捨ててきたんだろうね」

息を呑む。

バスケ留学をした玲司さん。大学ではバスケを辞めたって言っていた。

本当は続けたかったんじゃないだろうか。もう痛まないはずの左足首が疼く。

もうできないから諦めるのと、まだできるのに諦めるのとは、どちらのほうが苦しいのだろう。

誠司さんは寂しげに笑った。

「本来このプレッシャーを背負うべきだったのは、オレだったんだよ」

そう言う誠司さんのかんばせには、強い後悔が刻まれていた。

「オレが逃げたせいであいつがどんな思いをしてきたか、血を吐く思いをしてきたかなんて想像もできない……。以前、経済誌の表紙になったことがあっただろ？　にこにこしてオレのあとをついて回っていたあいつの、表情が抜けたような写真を見たとき死にたくなった」

誠司さんはぱっと私の手を取る。

「心春さん。ありがとう。玲司があんなふうに表情に感情を出すのなんて、君の前だけだと思う。玲司を選んでくれて、本当に……」

そう言って震えて泣く誠司さんをじっと見つめる。

「違います、誠司さん」

「ん?」

「まず、経済誌の表紙の件ですが……あれはカメラマンの方が、なんというか大変変わった方でいらして」

「変わった……とは?」

「経済誌の表紙であるにもかかわらず、『キミの輝く姿に感銘受けちゃった……! 変えようよこの世界』と仰り、様々な衣装を着せては撮影し着せては撮影し。しかし遅れて到着した編集長に『うちは経済誌です』と一刀両断され、結局スーツで最初から撮影をしなおしたという」

「つまり?」

「表情が抜けているのは、このとき玲司さんは心を無にしてらっしゃったからです」

「無に……」

「無に」

そう答えて重々しく頷いた。誠司さんは目を瞬いている。私はこほんと咳払いした。

「それと、選んだ云々《うんぬん》も……その、選ばれたとかじゃなくて、ええと」

うまく言葉にできず、少し首を傾げる。誠司さんはじっと待ってくれていた。私は微笑み、「そうだ」と呟いてから続けた。

「そんなんじゃなくて、私は……私たちは、お互いを幸せにしたいってそう思ったんです」

「……お互いに」

「そうです」

そう言って私は胸を張る。

「つまり、私が玲司さんを幸せにいたしますので。どうかご安心ください」

それから、小さく眉を下げた。

「……それに、その、玲司さんは誠司さんのこと、怒ったりなんか――」

「する」

唐突に聞こえたのは、玲司さんの声だった。ぱっと顔を上げると、絶対零度と言わんばかりの空気を身にまとった玲司さんが立っていた。

「れ、玲司さん。どうしてここに」

「……俺の妻から手を離せ、兄貴」

低い、怒りを内包した声だった。誠司さんがぱっと手を離し「玲司」と立ち上がった。

「いや、これは」

「どんな理由があろうと関係ない」

息を吐き、玲司さんは私を抱き上げるようにして腕に抱え込み、誠司さんを睨みつけた。

「心春は譲らない。たとえ兄貴であろうと」

「……玲司にとって、心春さんは大切な人なんだね」

「心春は俺の心臓だ。誰にも渡さない。彼女がいないと俺は息もできない」

そう言う彼の声は、少し掠れていた。言葉ひとつひとつが衝撃的すぎて、うまく頭が回らない。どきどきと心臓がうるさい。でも伝えなきゃ！

「わ、私も」

震える声を叱咤して、続ける。

「私も玲司さんがいないと、生きていけません……！」

はっきりと目を合わせて言うと、ようやく玲司さんは少し落ち着いたようだった。

わずかに腕の力が緩む。さっと抜け出して、玲司さんの手を取る。

「き、聞いてください。あの」

　玲司さんに言わないとと思った。玲司さんと誠司さんは、すれ違ってしまったんだって。

　誠司さんが「少し任せる」とドアの向こうに叫んで、ドアを閉めた。それから頭を下げる。

「玲司、すまなかった。だが誤解だ」

「誤解ってなにがだ？　弟の妻とコソコソ会って」

「違うんだ」

　誠司さんがCMオファーの話をする。玲司さんは眉を寄せた。

「それがどうして手なんか」

「それは……っ」

　誠司さんは俯き、それからすとん、とソファに座った。そうしてうなだれ、掠れ切った声で「すまなかった」と玲司さんに告げる。

「お前に全部押し付けて逃げたこと、合わせる顔がなくて逃げ回っていたこと」

「……どういうことだ」

　誠司さんは訥々《とつとつ》と、けれど誠実に過去のことを語った。玲司さんが力を抜いてソファに座る。私はおろおろとしかできない。そんな私を見て誠司さんは笑う。

「それにしても……いつも冷静で公平な玲司が、心春さんのこととなるとあんなに冷静さを失うんだな」

「……仕方ないだろ」

玲司さんは前髪をかき上げた。

「そもそも、心春が俺に惚れてくれたのは……俺が〝かっこいい〟からだ」

「お、言うね」

誠司さんがほんの少し肩の力を抜いた。

「謙遜は苦手だ。彼女好みの容姿であったり、経営の手腕であったり……きっとそんなところだろうと思う。だからずっと格好つけてきた。……今、最悪に格好悪いところを見せてしまっているけれど」

そう言って私を見上げて寂しげに笑った。

私はというと、疑問符で頭の中がいっぱいだった。

……あれ、私からの好意がなんだか変な感じで伝わってしまっている気がする。

「……だから。俺にとって、俺の上位互換は兄貴だ。だから、心春を……取られると、一瞬、ほんの一瞬だが思ってしまって、それで頭が真っ白になって」

玲司さんらしくない、訥々としたしゃべり方に胸がぎゅっとなる。

誤解とはいえ、つらい思いをさせてしまった。

「オレが玲司の上位互換？　馬鹿言え、オレなんかとっくに越されてる」

「……え？」

「お前が成し遂げたことは、お前以外の誰にもできないことだ。……どうか、自分を誇ってくれないか。お前はオレにとって、誰よりも大切な、たったひとりの弟なんだ」

「兄貴」

そう言ったきり言葉を失った玲司さんに、私は強く伝えなきゃって思う。

きちんと伝わっていないなら、その場で全力でぶつかっていかなきゃ。全力では走れない私だけれど、心だけは全速力であなたに向かいたい。

「玲司さん」

私は彼の横に座り、きゅっと彼のシャツの袖を握る。

「私がかっこいいと思っているのは、玲司さん自身です。玲司さんの努力とか頑張りだとか、いろんな我慢だとかをして成し遂げたことに対しての〝かっこいい〟です」

「……心春」

「見てくれだとか、結果だとか、そんなものに惚れたわけではありません」

伝わっているだろうか。

「私は本城玲司というひとりの人間に心底惚れたのです」

生涯を捧げてもよいと思うくらいに。

玲司さんは目を見開き、それから小さく頷いてくれた。

「俺は馬鹿だな。ひとりで嫉妬して、事情も聞かずに。すまなかった」

「馬鹿なのは私です。全然伝わってなかったですし、それに今回のことも黙っていてすみません」

そう言う私の手を玲司さんは握り、それから「あー」と片手で口元を覆う。

「本気でかっこ悪かったな、俺」

「玲司さんはいつなんどきいかなる瞬間もかっこいいですよ？」

「……心春もかわいいよ」

眉を下げて言う玲司さんに、誠司さんが「おい」と笑う。

「見せつけてくれるなよな」

そのあとぽつぽつと話して、玲司さんと誠司さんは、お互いはっきりと仲直りの言葉を口にすることはなかった。

玲司さんは自分の中で誠司さんと自分を比べて、感情が凝り固まって。誠司さんは玲司さんに全てを押し付けた罪悪感から、距離を置いてしまって。

ただ、今日思わぬ形とはいえ本音をさらけ出し合ったことで、ふたりの間に横たわっていた分厚い壁が、少しだけ薄くなったような気がした。

いつかそれが壊れてなくなってしまえばいいと思う。

ただ、きっとそれは時間が解決していってくれるだろう。もうお互いに避け合うことはないと思うから。

「ところで、玲司。どうしてここに」

「ああ」

玲司さんは目線を応接室の入口にやる。ドアの近く、積み上げられた資材の横に縦長の紙袋があった。

「……直営を出店するというから」

「ワイン？　まじか、ありがとう玲司」

誠司さんがワインの瓶を持って涙目になっていた。

もしかしたら、こんなことがなくともふたりはいつか和解していたのかもしれない、と思う。だとしたら、私結構余計なことをしてしまったのでは……。

ふたりに謝罪するも、ふたりとも困ったように「君は悪くない」と優しく言ってくれるだけだった。

「玲司さん」

手を繋いで歩く帰宅路で、玲司さんを見上げ聞いてみる。

「誕生日、なにが欲しいですか」

まあ、まだ先ではあるんだけれど。

「ん？　心春かな」

「すでにあげてるのでどうしましょう」

ふは、と玲司さんは笑う。

「なにもいらない。君がそばにいてくれれば」

そう言って爽やかに笑うけど、内心どうしようと首に巻いたストールに触れる。誕生日に玲司さんがプレゼントしてくれたストールだ。

夕陽に照らされたふたりの影が長く伸びる。

「心春、先の話だけれど、もう少し暖かくなったら」

はい、と返事をする私に、玲司さんは微かに目を細めた。

「……あの青いストールもつけてほしい。よく似合っていたから」

私は目を瞬く。ああ、彼は気が付いていたんだ……やっぱりよく見てくれている。

玲司さんは繋いだ手の力をほんの少し強くして、言葉を続けた。

「それと、本当にすまなかった。子どもじみた真似をして」

「え、わ、それは私が悪……」

「そんなことはない。君は俺のことを思って動いてくれたんだろう？　そんなの最初からわかり切っていたことなのに、君は何度も説明しようとしてくれたのに嫉妬が先にきてしまって」

嫌だったよな、と玲司さんは眉を下げた。私はぶんぶんと首を振る。

「こんな俺だけれど、まだ好きでいてくれているか」

「永遠に愛しぬく自信しかありませんが」

玲司さんは困ったようにくしゃっとした顔で笑う。私はその顔にいちいちきゅんとする。その破壊力抜群の嬉しそうな顔はずるいです、本当にずるいです……！

私は軽く咳払いし、話を変えた。このままだと道路にしゃがみ込んで悶絶《もんぜつ》し、玲司さんの笑顔について延々と語りだすオタクになりそうだったからだ。

「……そういえば、なんですけど」

「どうした」

「玲司さんがバスケしているところ、見てみたいなー……なんて」

「唐突だな」

玲司さんが目を丸くする。

「でもどうやって」

「都庁の近くでフリー参加のバスケしてるらしいんですよ」

「へえ?」

「どうですか」

玲司さんは何度か私の手を握りなおしたあと、頬を緩めた。

「そうか。じゃあ、久しぶりに身体を動かすか」

「すっごい応援しますから」

「はは。肉離れが不安だな……」

そう言う玲司さんは、ちょっとうきうきしているような気がした。


「そんなわけで、玲司さんきゃあきゃあ言われちゃって大変だったんですよ」

街がクリスマス一色になった師走《しわす》の半ば、浦田さんに先日玲司さんとフリー参加バスケに行ったときのことを話す。遅い時間帯だったこともあってか、ライトに照らされたコートにいたのは社会人の人がほとんどだった。

「もうね、玲司さんがボール持つと絶対取られないんです! かっこよかったあ……！」

「へーふーんよかったわねえ」

「なんですかそのどうでもよさそうな相槌《あいづち》……」

ランチタイムの、いつものカフェだ。

乃愛ちゃんからときどきランチに誘われることもあったけれど、断っていた。あれから会社にはネックレスをしてきていないけれど、またちくちく言葉を浴びせられるの嫌だし。

「ちょっと寝不足でね」

「わ、忙しいですか」

年末だしな、と頷くと微妙な反応をされた。

「年末だからというよりいろいろとね。まあやりたいからやってるんだけど」

「そういえば、藤木さんトップに返り咲きましたね」

「ま、ね……新原さんみたいな方法がいつまでも通用するわけじゃないしさ」

「あ、あの。まだ確定ではないんですよね？」

「ん、まー……ね」

含みのある感じで言われて、私は少し不安になってしまう。乃愛ちゃんは確かに少しきつくてちくちく言葉もすごいけど、そこまで悪い人だって思いたくなくて。だって同級生だ。

会社に戻ると、なんと社長室から乃愛ちゃんが出てくるところに遭遇した。びっくりして固まってしまう。まさか、なにか、決定的なことが起きたんじゃ。懲戒処分になっただとか、そんなこと。

でもそういうわけじゃなさそうだった。乃愛ちゃんはなぜか私の目の前までヒールの音も高らかにやってきて、私を見下ろしてなんだか歪《いびつ》に笑ったのだった。大きく笑いだしたいのを我慢しているかのような。

そしてそのままエレベーターホールのほうに歩き去ってしまう。

「……？」

「心春」

社長室のドアが開いていた。玲司さんが手招きしている。

なにか急ぎだろうか、と小走りで向かうとドアが閉まるやいなや抱きしめられた。

「わ、な、なんですか」

「心春で癒やされている」

「……なにかあったんですか」

「いや、ちょっと新原に罠《わな》を」

「罠？」

玲司さんははっきりと『罠』だと明言した。不安になる。

……ここまできたら、さすがに覚悟ができた。乃愛ちゃんは本当に、いわゆる機密漏洩《ろうえい》というものをしているのだろう。外に漏れればうちの会社だけでなく、お相手の会社にも大打撃だ。小さくため息をつくと、玲司さんは私から身体を離した。

「……なあ心春。君は真実を知りたいか？」

「え」

玲司さんの精悍な顔を見上げ目を見開く。真実……というのは、乃愛ちゃんに関して？　漏洩以外にもなにかあるということ……？

「……玲司さんは私が知らないほうがいいと考えているのでしょう？」

「ああ」

玲司さんははっきりと頷く。あの日と同じ瞳をしていると思った。土砂降りの日に、濡れて帰ってきた夜のこと。

「――けれど、君には知る権利がある。そう思った。知らせたくないのは、俺が君が傷つくところを見たくないだけだから」

俺のエゴだから、と玲司さんは言って私の手を握る。

「どうする？　心春。きっと君はショックを受ける」

「……玲司さんが守ってくださるのでしょう？」

私は微笑んだ。

もし傷ついても、癒やし慈しんでくださるのでしょう？

「それに——玲司さん。私は」

私は胸を張り、彼を見上げてはっきりと告げた。

「私は雑草です。雑草は——いえ」

玲司さんが目を瞠る。私は自信満々に笑ってみせた。

「私は強いのです！」

あなたという大樹に守られて、私は前よりずっと強くなっているのです。

玲司さんが言っていた通り、数日中に乃愛ちゃんから連絡があった。ふたりきりで話したいって。

『ああいう女は自慢してひけらかしたいタイプだからな』

観察眼がすごいなあ、と私は素直に感嘆した。私は乃愛ちゃんの同級生だけれど、こんなにすぐに動くだなんて思ってもみなかったのだ。

都内の、小さなバーで乃愛ちゃんと待ち合わせる。

「へえ。心春、こんなバーなんか知ってるんだ。社長に連れてきてもらったの？」

乃愛ちゃんは個室のソファに座りながら私をうかがう。その胸元で揺れるのは綺麗なイエローのダイヤだ。

西洋絵画では、ユダの衣服の色とされる。

……らしい。玲司さんの受け売りだ。ほんとにあの人はなんでも知っている。

私の視線がそれに向かっているのに気が付いたらしい乃愛ちゃんは「ふふ」と自慢げに唇を歪《ゆが》めた。

「これ？　綺麗でしょ、ある人にもらったの」

「よ、よかったね」

私はちゃんと笑えているだろうか。

お酒が運ばれてきて、しばらくは雑談を続ける。主に乃愛ちゃんの自慢話だった。

私は少しずつ悲しくなってくる。乃愛ちゃん、綺麗だし頭もいいのに、どうして機密漏洩なんか。

きっと普通に頑張ったら、きちんと結果が出ただろう。どうして……。

「どうしたの心春。そんな沈んだ顔をして」

「あ、ご、ごめ」

「もしかして気が付いてたあ？」

乃愛ちゃんは足を組みなおし、ネックレスに触れる。

「これ、あなたの旦那様からいただいたってこと」

知ってる。

どんどん悲しみが押し寄せる。玲司さんがそのネックレスを乃愛ちゃんにプレゼントしたことも、それが私を誘い出す餌でしかないことも知ってる。昨日営業先の部長さんと乃愛ちゃんがどんな会話をしたかってことも。玲司さんが部下に尾行させ、最後の一押しとなる証拠を掴んだのだ。

どうして、どうして、どうして。

あのとき、私が怪我をしたとき、一番そばにいてくれたのは乃愛ちゃんだった。移動教室に手間取る私の荷物を率先して運んでくれた。たとえ、それが同情でも、たとえそれが私への——。

「ごめんねえ。旦那さん、心春からとっちゃいそう」

乃愛ちゃんは笑ってしゃべり続ける。お酒が入っているせいもあるだろう。つらつらと彼女は話し続ける。

「営業成績で先月社長賞をいただいたの。そのときに一目惚れされたんじゃないかしら。そうじゃなきゃこんな高価なネックレス、くださらないわよね。はっきり言われたわけではないけれど、あれは愛人契約のお誘いに違いないわ。でもね、あたし、愛人で終わるような女じゃないのよ。絶対にあなたから奪う」

「っ、乃愛ちゃん」

我慢しきれず、ぼたぼたと涙が零れ落ちてしまった。

だめ。しゃべっちゃ、だめ。これは罠なんだよ。心で強くそう思ってしまう。

強いつもりだったのに。

でも全然だめだ。旧友を前に、心がぐらぐらと揺れていた。台風の日の竹林みたいだと思う。強く揺れて、葉と葉が触れ合ってがさがさうるさい。

「だいたい、あなたもう飽きられかけてるらしいじゃない。高校のときの怪我を理由にハイヒールさえ履けないんですって？　耐えなさいよそれくらい、情けない」

嘲る口調で言う彼女に、胸が痛くてたまらない。

「今思い出しても笑えるわよね。階段を無様に落ちていくあんたを思い出すと――」

「どうして君がそれを知っているんだ？」

個室のドアが開く。私は唇を噛んだ。

全部が晒《さら》される日が、ついに来てしまった。

乃愛ちゃんはぽかんとしている。

「あのとき、心春は人気《ひとけ》がない階段で〝誰か〟とぶつかって落ちた。つまり落ちていく心春を見ていたのは、ぶつかった〝誰か〟だけだ――新原」

玲司さんが私を立たせ引き寄せ、乃愛ちゃんを睨む。

「貴様、心春になにをした」

「ほ、本城社長？」

ぽかんとする乃愛ちゃんを無視して、玲司さんは私の唇に指を這わせる。

「噛むな」

そう囁き、目元にキスを落とし、涙を拭ってくれる。

私は息を吸う。彼が近くにいてくれるだけで、心強い。

「な、なんで。心春には飽きたんじゃ」

「飽きるわけないだろ？　心春は俺の心臓だ。心春がいなければ生きていくことすらできない」

心底呆れたように彼は言って私を抱きしめる。

「年貢の納め時よ！」

再び個室のドアが開き、声が響き渡った。

「……ってこれ、言ってみたかったのよねえ」

さらに入ってきたのは浦田さんと藤木さんだ。ローテーブルの上に書類をばらまく。

「これ、あの日校内にいた元生徒全員からの証言。階段の近くを急いで走るあなたの姿の目撃証言、養護教諭の証言、その他もろもろの、証言。思い出してもらうの、大変だった」

「すまない、心春。物的証拠はさすがに残っていなかった。だから新原から言葉を引き出す必要があった。大丈夫か」

私の背中を玲司さんが優しく撫でる。私は顔を上げ首を振ってから乃愛ちゃんに告げた。

「知ってた」

「……え？」

私以外の全員が一瞬動きを止めた。

「心春。それは……」

玲司さんの声が明らかに狼狽していた。私は静かに続けた。

「あのときぶつかって逃げたのが、乃愛ちゃんだって、私知ってた」

「……は、あ？」

乃愛ちゃんが絞り出したのはそのひとことだけだった。玲司さんが私の肩を抱く手に力がこもる。

あの夏の日。

落ちてゆく残像。

乃愛ちゃんが私を見ている表情のないビー玉みたいな瞳。

聞こえてくる蝉しぐれ——。

廊下のリノリウムの冷たさ。

彼女が私に優しくしてくれたのが、たとえ贖罪《しょくざい》だとしてもよかった。わざとじゃないって、信じてた。

「な、のに」

声が震える。

だってあの言い方は、確実に……私を狙ったものだ。

「どうしてあんなこと」

「し、知らない。あたしなにも……っ。て、ていうか、なんなんですかこれ……っ。

あ、わかった」

乃愛ちゃんは歪に笑う。

「そいつでしょ。藤木。あたしに成績抜かれたの根に持って、あることないこと……」

「あることないことっていうのは、これのことか」

藤木さんが乃愛ちゃんにタブレットを渡す。乃愛ちゃんは目を眇めたあとに「いつのまに」と呟いた。機密漏洩の証拠である写真を見せたのだろう。

「そもそもあなた、転職を繰り返していたでしょう。情報流して、それでもとれなくなってきたら次の会社にって。焼畑してんじゃないわよ」

「あ、あたしは」

ソファの上で乃愛ちゃんはそう言ったきり、微動だにしない。

「この件は表沙汰にする。プレスリリースも含め正式に世間に公表する」

「そ、そんなことをすれば」

乃愛ちゃんは玲司さんに向かって卑屈に笑う。

「ホンジョーの名前にも瑕がつきますよ」

「構わない。それが道義的責任というものだ」

「あ、あたしの名前は」

「そこまでする気はないが、人の口に戸は立てられないものだということは覚えておいたほうがいい」

「もう焼畑できるようなおっきい会社はあんたなんか出禁よ～」

浦田さんがべえっと舌を出した。……多分、よほど乃愛ちゃんにストレスたまってたな。

「それから損害賠償もねえ～」

「そ、そんな」

「処分は追ってする。ただひとつだけ聞かせろ」

玲司さんの声のトーンが、低く、冷たくなる。

「なぜ心春を階段から突き落とした」

「……スパイク貸してくれなかったから」

は、と息を吐いた。呆然とする。スパイク？

「あー、もう、いいわよ。どうせあたしが悪いんでしょ、いいわよいいわよ。インハイ決まって、ちやほやされてていい気になってるのも見ててイライラした。あたしのほうがかわいいのに。だから心春にはほかに好きな人がいるって嘘ついて、いい感じになってた男子も奪った。これで十分⁉」

そう言って綺麗なかんばせで私たちを睨む。玲司さんは掠れた声で言った。

「俺はお前ほど醜い人間を知らないよ」

「……はあ⁉」

「二度と俺の妻に近づくな。次にその顔を見たら、自分でもなにをするかわからない」

いきりたつ彼女を置いて、玲司さんは私の手を引き部屋から出た。

扉の向こうからは金切り声が聞こえてくる。

バーはいつのまにか無人になっていて、代わりに香椎係長と顧問弁護士の先生が入口に立っていた。

「おつかれさまです」

そう言って香椎係長が先生を連れて個室へと向かっていく。私は静かに玲司さんに続く。

コートを羽織ってバーを出ると、やけに月が眩しい。はあ、と吐いた息が白く霧散した。

目の前のパーキングメーターに玲司さんの車が止まっていた。けれどすぐ乗る気にならない私は、玲司さんを誘って路地を歩く。やがて見つけた、ビル街の真ん中にぽつりとある小さな公園に、誘い合わせたわけでもないのになんとなく進む。

ベンチのほかは、幼児用のブランコが置いてあるだけの猫の額みたいな公園だった。

「つらい役目を任せてすまなかった」

並んでベンチに座り、玲司さんが絞り出すような声で言った。

「いえ」

「新原にはありとあらゆる責任をとらせる。それで君の心が晴れるとは思えないが……」

私は首を振る。そうして笑った。

「こういうのって、あとで来るのかもしれないです。今は……どこか麻痺《まひ》しているみたいで」

「そうか」

玲司さんは辛そうに眉を寄せる。あなたが悲しむ必要はないのに。そう思ってにっこりと笑ってみせた。玲司さんはふ、と白い息を吐く。

「もし君が泣くのなら、そのときは俺のそばで泣いてくれ——君のハンカチ代わりになれるのなら光栄なんだ」

私はふっと噴き出して笑う。そう、以前もそう言ってくれたことがあった。

「じゃあ、たくさん泣きます。いっぱい泣いて、泣いて、すっきりしたら——頑張ったなと褒めてくれませんか」

「そんなことでいいのか」

「はい。私にとって、それが、玲司さんから褒めてもらえることが一番のご褒美です」

「いくらでも」

玲司さんはしっかりと頷く。

「いつまでだって、褒めてやる」

「ありがとうございます」

そう伝えて、また空を見た。冬の夜空は、あの夏の空とは違いすぎる。

なのにどうしてだろう、忘れたはずの欲求が悔しいと訴えている。

月を仰ぐ。ビル明かりに負けず、真っ白に輝く月だった。

「……ほんの少しだけ、全力で走れないのが悲しいです」

そう言った私を玲司さんが抱きしめた。もうあまり涙は出なかったけれど、ただ彼の鼓動を聞いていた。玲司さんが私のことを心配してくれているのが伝わってくる。

私の背を支える手が震えていた。私は彼の背中を撫でる。

「玲司さん、ありがとうございます。知らせることを選んでくれて」

「俺は後悔してる。やっぱり泣かせた。君を巻き込むべきじゃなかった」

「そんなこと言わないでください」

私は大きく笑う。

「夫婦じゃないですか」

「……心春」

「なんでも巻き込んでください。私、そんなに弱くないです。強くもないけど」

「そんなことはない」

玲司さんは私の頬を撫でた。

「君は強い」

「そんなことないです。さっきもう、乃愛ちゃん目の前にして泣いてぐらぐら揺れて」

竹林みたいに、と少し冗談めかすと玲司さんは真剣に言う。

「君みたいに強い人をしなやかだと言うんだ」

そうして私の頬を撫でた。

「高校時代、新原のことを言わなかったのは」

「わざとじゃないと思ったんです」

「……たったそれだけの理由で十年も口をつぐんでいられる君の、どこに弱さがあるというんだ。新原については残念な結果となったけれど、君のしなやかな強さに救われている人間は、守られている人間はきっとたくさんいる」

「そうでしょうか」

そうだ、と玲司さんは強く言う。

「俺だってそうだ」

「……玲司さんも？」

「俺は君を守りたい。でも同時に君に支えられいつだって守られている。自信を持ってほしい」

私は息を吸い、胸を張る。そうして自信満々に微笑んだ。

だってそんなふうに言われることは、私にとって最高の誉れなのだから。

玲司さんへの感情が憧れから愛情に変わっても、根本は変わらない。尊敬する彼のそばにいることが、私にとって一番の幸福なのだ。

冬の無人の小さな公園のベンチで、くっついて寄り添う。

そばにいると、ほんのり温かい。

たったそれだけで幸福を感じる。そう思える人に会えたことを、心から感謝したい。

玲司さんの誕生日はあっという間にやってきた。

「プレゼントって、決まったの？」

ランチで浦田さんに聞かれて、曖昧に笑う。決めたのは決めたけれど、どうだろう。

「喜んでもらえるか、どうかなあって……その、恋愛経験がないもので、思いついたのがそれしかなくて」

「あ、そう？　なんだかわかんないけど、玲司くん、心春ちゃんからならなんでも喜びそう。特に今てんやわんやしてるし、喜びもひとしおなんじゃない？」

乃愛ちゃんの件は、つい一昨日に公表された。彼女が不正な営業を仕掛けていた先に公的な研究機関があったため、世間の対応はかなり冷ややかなものとなった。ただ、包み隠さず調査し公表した玲司さんの対応には、おおむね好感を持たれている雰囲気ではあった。

「ま、うちはB to Bだから、そこまで一般ウケ気にしなくていいのは幸いよね～」

「まあ、それはそうなんですけれど」

半導体は、どんな電気製品にだって使われている。スマホにも、テレビにも、電車にも、車にも——つまり、うちの取引相手は個人じゃない。各メーカーがメインだ。家電のメーカーは気にしても、中身の半導体メーカーにまで気を配る人はそういない。そこは確かに浦田さんの言う通りだった。じきに報道も収まるだろう。

　とはいえ玲司さんが忙しいのは事実だ。それは秘書である私が一番知っている。できうる限りのサポートは、もちろん全力でさせてもらっているけれど。

　なのでせっかくの誕生日ではあるけれど、玲司さんは『先に帰っていてくれ』と私を帰した。

「……よし、盛大にいくぞ」

　玲司さんが帰宅するのが何時になるかはわからないけれど、幸い明日は休日だ。せっかくの誕生日なんだもの、ちゃんとお祝いしたい！

　買い込んできた食材で、私にできる限りのご馳走《ちそう》を作っていく。昨日から下ごしらえはしていたのだ。牛タンシチューに、カルパッチョに、ローストビーフにグラッセ。エビやサーモンをたっぷり使ったテリーヌは初めて作ったけれど、まあまあおいしくできたと思う。

　それらを作り終わった頃、ようやく玲司さんから帰宅すると連絡が入った。私はしばらく迷い、意を決して私用にしてくれているウォークインクローゼットに向かう。

「どうしよう引かれたら……」

　ぽつりと呟きつつ、思い切ってそれらを身につけた。

そうしてリビングで待っていると、開錠を知らせる電子音が鳴る。か、帰ってきた……っ。

私は気後れしつつ玄関に向かう。ちょうど彼が入ってきたところだった。

「ただいま心春。遅くなってすま……ない……」

玲司さんが目を丸くして鞄を取り落とした。広々とした玄関の大理石の上にそれが落ちる音が響く。

「あ、あの、その、ええっと、変でしょうか」

私は眉を下げた。ばくばくと胸が激しく鼓動を刻んでいた。もしかしたら、その心臓の動きまで玲司さんから見えているかもなんて思う。

なにしろ私は、恥ずかしいところを隠せているのだかいないのだかわからない繊細なレースでできた下着に、着ることでかえってふしだらに見えてしまいそうな透けたベビードールという、もうめちゃくちゃ淫らな格好でいたのだから。

私は羞恥心に頬を熱くしながらも、思い切って顔を上げて彼に向かって手を広げる。

「プレゼント、私にしてみま……玲司さん⁉」

玲司さんは猛烈な勢いで靴を脱ぎ、スリッパも履かずに私を抱き上げた。片手でひょい、と子どもみたいに縦抱っこに。

「あ、あのその」

慌てる私を無視して、玲司さんは寝室のドアを開く。そうして私をベッドに横たわらせると、組み敷きながら片手でネクタイをしゅるりと外す。獰猛《どうもう》な、綺麗な獣みたいな瞳が私を熱くとらえていた。

「いただきます」

ぎらぎらと情欲滾《たぎ》る瞳で言われて、返す言葉なんかたったひとつだ。

「……召し上がれ？」

玲司さんがジャケットを脱ぎ捨て時計をヘッドボードにコトリと置いた。その金属の音がやけに部屋に響く。そうして噛みつくように唇にキスされ、そのまま全身を愛撫される。

……それにしても！

「は、あっ、どして……」

「ん？」

シャツにスラックス姿の玲司さんは、にやりと楽しげに笑った。その下で、まだ触られているだけだというのに息も絶え絶えで肩で息をしている私――は、まだ下着もベビードールも着たままだった。一部ずり上げたりされているけれども……！

「せっかくこんなにかわいいのを用意してくれたのに、すぐ脱がせるのは申し訳ないだろ？」

ううう、と私は彼を睨む。けれど彼には「かわいい」と汗ばんだ額を撫でられただけで終わった。

それにしても、どうして全裸より、こんな格好でいるほうが恥ずかしいのだろう。胸は布越しに口で甚振《いたぶ》られたせいで、ぐっしょりと濡れて肌に張り付いている。見たくなくて目を逸らすと、見ろと言わんばかりにそこを苛められる。

「あ、やだあ……っ」

最初からこんな格好を選んだ私が言うのもなんだけれど、もう脱がされたほうが恥ずかしさとしてはマシだ。そう考え、羞恥心をぐっと抑え彼に訴える。

「お、願い、玲司さん。もう脱がせて……」

「はは」

笑って前髪をかき上げた玲司さんは、こんな場に似つかわしくないほど爽やかに笑った。

「ほんのちょっと前までひどく初心だったのに。いつのまにそんな淫らなおねだりができるようになったんだ？」

「玲司さんの意地悪……」

半泣きになった私を、玲司さんは笑って抱きしめ、「だめだ」と耳元で囁く。

「君は俺へのプレゼントなんだろ？　たっぷり堪能させてもらうからな」

そう言う玲司さんの艶たっぷりの声に、私ははっきりと心に決める。

もう絶対、来年は私をプレゼントになんかしないぞ！って……。

◇◇◇

あっという間に年が明け、日々のことに追われているうちに二月がやってきた。この時点ですでに四月のスケジュールはいっぱいだった。

今年もお花見は厳しいかもしれない、と思っていた三月の半ば、私は平日に休みをとっていた。玲司さんに提案されたのだ。忙しくなる前に、一日デートしようって。

デート当日は、もうすっかり春が来た、と言ってもいいくらいの陽気に包まれていた。天気予報によれば、四月下旬ほどの気温らしかった。

「うわあ、気持ちがいいですねえ」

ざあ、とまだ冷たい風が吹き抜け木々を揺らした。

「そうだな」

玲司さんも優しく私に向かって目を細めた。

私たちがいるのは、都心から車で二時間ほど離れた山間の町の公園だ。大きな湖の周りを、ぐるりと周回路が囲んでいる。散策し始めて五分ほど経つけれど、まだ人とすれ違ったりはしていない。

こんなに気持ちがいい日なのに、どうしてだろう。

少し不思議に思いつつ木々の合間に見える湖に目をやる。結婚式を挙げたブレッド湖に少し色合いが似ている。もちろん、あれほど大きな湖ではないけれど。

ふと、玲司さんが立ち止まった。

「君にあげたいものがあるんだ」

「あげたいもの？」

不思議に思っている私に彼は微笑み、私の手を取り、公園の管理施設と思しき棟に向かう。

道すがら、玲司さんが楽しげに口を開く。

「さっきから誰もいないのを、不思議に思わなかったか？」

「え？　ああ、それは……」

「実はここは、公園じゃない」

玲司さんがいたずらっぽく笑う。う、わああ、普段クールなのにこの笑顔のギャップは、いつもながらすごい。苦しい。尊すぎて苦しい……！

「どうした？」

不思議そうにする玲司さんが、施設の中に入る。やけに広い玄関ホールに置いてあったのは、二台の自転車だった。フレームは空色で、とても綺麗な色合いだ。

「これって……ええと、ロードバイク？」

そうだ、と玲司さんは私の手を引く。

「走ってみないか？　これで」

どうやら公園だと思い込んでいたここは、実は自転車専用の施設だそうだ。といってもレースに出る人が練習するような、坂道やカーブが続くコースではなくて、全長五キロの平らで走りやすい道を、湖を眺めながらのんびり走ることのできるところしかった。まあ、全部玲司さんの受け売りなのだけれど。

そんな施設を、玲司さんは今日貸し切ってくれているらしい。

そんなわけで、生まれて初めて私はロードバイクなんてものに乗る。

玲司さんが用意してくれていた服に着替え、プレゼントされた空色の自転車をおそるおそる外に運ぶ。コースに出て、まじまじと自転車を眺めた。ハンドルにはスピードメーターまでついている。

「こんな細いタイヤの自転車、乗ったことないですよ」

そう言って顔を上げると、玲司さんは少し眩しい顔をした。首を傾げると、彼は目元を綻ばせる。

「いや、そんなスポーティーな格好は初めて見たな、と。……似合うな」

「あ、ありがとうございます」

私も玲司さんも、上には自転車競技用らしいぴったりとしたジャージを着ている。色合いがビビッドで、すごくお洒落だ。ボトムスはハーフパンツに、長距離ランニング用の黒いスポーツタイツ。ヘルメットも本格的なものだ。

「靴も専用のものを用意しようか迷ったんだけれど」

玲司さんが言うには、本来ロードバイクはペダルに靴を固定するらしい。ただ慣れるまで着脱が難しいだろうと、今回はやめにしたそうだ。

「でも、どうしてロードバイクを？」

「社会人になりたての頃、健康目的でしばらくの間乗っていたんだ」

「そうだったんですね」

私が入社するより前のことだろう。

さっそく乗ってみると、案外と乗り心地がいい。

「わあ」

ペダルを踏むと、一気に進む。楽しくて軽く漕いだつもりが、結構な距離になっていた。振り向いて慌てて止まると、玲司さんがすぐに追いついてきた。

「すごいな。初めてとは思えない。陸上をやっていただけあって、体幹がしっかりしているな」

「そうでしょうか」

褒められれば素直に嬉しい。

玲司さんと湖を眺めながら、のんびりとコースを走る。やがて、まっすぐな道が見えてきた。

「少しスピードを上げてみようか」

そう言う玲司さんに合わせ、ゆっくりとスピードを上げていく。漕げば漕ぐだけスピードが出そうだ。

春風を切って進むにつれ、胸がすうっとしていく。頭がクリアになっていくこの感覚に、私は覚えがあった。

あ、と小さく息を漏らす。懐かしい、と思わず呟いた。

ぶわっと涙が零れて、一気に背後に流れていく。

ずっと求めていた、探していた、この風を。

直線が終わるあたりで、玲司さんはスピードを緩めて私の横に並んだ。

「今の速度が、時速三十七キロだった。君の百メートルのベストは？」

「……十二秒くらいです」

「じゃあ一気に二秒も更新したな」

そう言われて、私は泣きながら笑って、頷いた。

「練習すればもっと速く走ることもできる。……こんなことで君の気が完全に晴れるとは思えないが」

玲司さんはずっと私の怪我を気にしてくれていたんだ。

それだけで胸がいっぱいになる。

やがて自転車がカーブを曲がった。私は目を丸くして、は、と息を吐いた。

それしかできなかった――満開の桜並木が、視界いっぱいに広がる。

「なかなかゆっくり花見もできなさそうだからな。早咲きの品種で、ソメイヨシノではないけれど」

それもまだ、気にかけてくれていたんだ。

この人は――本当に、どれだけ私を大切にすれば気が済むのだろう。

「ありがとう、ございます……！」

私はそう言いながら、空に向かって手を伸ばした、零れ落ちそうな花弁の塊の先に、蕩けそうに滲んだ青空が見える。

「怪我をしても、走る方法はあったんだ」

きらきらと春の日を反射して、花びらが宙に舞う。

「全力で走る方法は、ほかにもあったんだ」

私はひとりごち、溢れる涙を手で拭う。

「玲司さん。ありがとうございます」

たくさん慈しんでくれて。大切に守ってくれて、そうしてまた、走り方を教えてくれた。強くしてくれた。

前を向きがむしゃらに進む姿を、その背中をずっと追いかけてきた。これからもそうしていきたい、支えていきたい。だから私は雑草のままじゃだめなんだ。大樹が寄りかかれるほど、しっかりした存在にならなくちゃ。

だって私、あなたの奥さんなのだものね。

「大好きです！」

桜の下、素直に気持ちを彼に伝える。何万回の『ありがとう』よりも、きっとこのほうが彼は喜んでくれるから。

玲司さんはきょとんとしたあと、頬を緩める。

「俺は愛してるよ」

尊敬してやまない大好きな人が、そう言って蕩ける桜色の中で柔らかく笑った。

【エピローグ】

　長男の瑛司《えいじ》が生まれたのは、雨が降りしきる早朝のことだった。梅雨の頃だ。

　しとしとと降る雨が美しく、俺は生まれたばかりの瑛司を抱いて産院の窓から庭を眺めていた。青紫の紫陽花《あじさい》に絹糸がさらさらと流れていくような、そんな繊細な雨。

「玲司さん……？」

　眠そうな心春の声にハッとして、背後を振り向く。

　心春の実家近くの産院の、少し手狭にも思える個室。好きなところを選んだらいいという俺に心春が決めてきたのは、彼女自身が生まれたというこの産院だった。

「起きたのか」

　ベッドに横たわる彼女に近づく。産褥《さんじょく》熱で四十度近いらしい。

「うん。ごめんなさい、すっかり寝ちゃって」

「なにを言うんだ。寝ていろ。好きなだけ寝ていろ」

　なにしろ丸二日、彼女は苦しんだ。そうやってこの、腕の中ですやすや眠るかわいらしい赤ん坊を産んでくれたのだ。いや、それだけじゃない。つわりなどの体調不良にもことごとく耐え、頑張ってくれた。今も熱に苦しんでいる――感謝以外のなにものでもない。

「瑛ちゃん、抱っこしていい？」

夫婦として過ごし、様々なことを乗り越えていくうちに、心春の話し方もすっかり夫婦らしい、敬語がぬけたものになっていた。

「大丈夫か？」

「ん、お薬効いてきたみたい」

そう言って心春は起き上がり、俺から瑛司を受け取る。疲れ切った顔に浮かぶ慈愛に、胸が締め付けられる。そっとこめかみにキスをした。

「ありがとう心春、よく頑張ってくれた」

「ふふ、何回目？　それ」

そう言いつつも嬉しげに、まんざらでもない顔をしてくれるのだから、俺としては何度だって言いたくなる。

「そう言うな。伝えたいんだから――愛してる」

まっすぐに目を見て告げると、心春は照れを隠さずに頬を赤くして唇を綻ばせる。

いつまでも変わらない初心な反応に、愛おしさがこみ上げた。

「……ね、玲司さん」

心春は俺を呼び、それから困ったように言った。

「どうしよう」

「なにが」

「かわいすぎる……」

そう言う心春の瞳は、とろとろになって息子を見つめている。

「尊い……だめだ、本当に。存在が幸せ……」

俺は目を瞬き、苦笑して肩をすくめた。

多分今、心春の言う〝最推し〟が俺から瑛司になってしまったのだろう。

それも素敵なことだ、と俺は瑛司の頭を撫でる。

体温の高い、少し湿り気のある新生児の頭だ。ふわふわの産毛みたいな髪が気持ちいい。

そんな俺を見て、心春が「ふふ」と笑う。

「なんだ？」

「あのね、大丈夫だよ。私、どうやら箱推しみたい。あなたとこの子の」

そう言って俺を見上げる心春に、俺は思わず笑ってしまう。

「箱推しってなんだ」

「全員ひっくるめて推すって感じかな」

「そうか」

まだ推してもらえるのなら、より気合を入れて頑張らないと。

「なら俺は君と瑛司、ひっくるめて幸せにするよ」

そう言うと心春が嬉しげに目を細めた。

「なら、お願いします。新米パパ」

「任せておけ」

俺の言葉に、眠っていたはずの瑛司がうっすらと目を開ける。黒目がちの綺麗な瞳に、この子にはたくさんの未来があるのだと胸が熱くなる。

俺はこっそり心の中でもうひとつ目標を掲げた。

この子に尊敬されるような、かっこいいパパになりたい。

……そのためにはまず、ミルクの作り方からマスターしないといけないな。

そんな小さくも大きな目標を定めつつ、俺は心春から瑛司を受け取って子守唄を歌った。それを心春が優しいまなざしで見つめている。

きっと、この瞬間のことは死ぬまで忘れないんだろうな。俺は優しい雨音を聞きながら、そんなふうに思った。

END

特別書き下ろし番外編

未来

人ごみの中で、私は大きく声を張り上げた。

「頑張れーっ、瑛司！　あと少し！」

七歳になる長男の瑛司が、このたび開催されている二十キロのロードバイクレースに参加しているのだ。レースといっても速さを競うものではなく、長距離を走り切ることを目的としたものだ。

五月の半ば、爽やかな晴天の下。バルーンでできたゲートを、瑛司は一緒に走った伯父である誠司さんと一緒にゴールした。瑛司は得意満面の笑みで、待っていた私と玲司さんのところまでやってくる。玲司さんは一歳になったばかりの長女、遥《はるか》を抱っこしていた。

「おつかれさま！」

そう声をかけた私に、照れ屋の瑛司は嬉しそうにしつつも「別に」とそっけなく答える。

「兄貴もありがとう。おつかれ」

そう声をかけた玲司さんに向かって、ロードバイクを押しながら歩いてきた誠司さんが明るく笑う。

「いやあ、途中置いていかれそうになったよ」

「伯父さんが遅いんだよ」

生意気な瑛司の頭を「言うよな～」と誠司さんが軽く小突く。瑛司は明るく笑って、ふにゃふにゃ笑う遥に構ってやったあと、ちらっと私を見た。

「それより、お母さんだよ。明日大丈夫なの？」

「それだよね……」

私は遠い目をした。実は、このレースは明日が本番。なんと百キロもあるロングライドに参加することになってしまったのだ。

「俺の心配はしてくれないのか」

「お父さんは大丈夫でしょ」

さらっと答える瑛司に、玲司さんは苦笑する。

……そもそも、このロングライドに参加することになったのは瑛司が原因なのだ。

どうやら、クラスの好きな女の子に、かっこいいと思われたかったらしい。

これはその子のお父さんが経営する自転車メーカーが主催しているレースなのだ。

房総半島《ぼうそうはんとう》の一部を貸し切り、大々的に行われているイベントだった。直接参加を打診したところ、せっかくなのでご夫婦で……と勧められ、あれよあれよという間に百キロも走ることになってしまっていた。

　会場の隅っこで、誠司さんがふたりぶんの参加賞を取りに行ってくれているのを待っていると、「本城くーん！」とかわいらしい女の子の声がする。

　その声に、瑛司は急にキリッとした表情になる。そうしてめちゃくちゃクールな様子で振り向いた。

「よう」

「見てたよ！　かっこよかった」

「ん。サンキュ」

　好きな女の子に褒められて内心デレデレなくせにクールぶる瑛司を見てほっこりしていると、玲司さんが呟く。

「俺を見ているみたいだ……」

「そう？」

「好きな人の前では全力で格好つけるところが」

　そう言われて、少しきょとんとしたあとに笑ってしまう。確かに、玲司さんもそういうところもあるかもしれない。結婚して十年近くも経てば、そんなところもわかるし愛おしいと思う。まあ玲司さんがなにをしても、私はきゅんとするんだけれども……。いや息をしてくれているだけで尊いので……。

「瑛司、本当は疲れ切っているだろうに、しゃがみ込むところなんか見せられないんだよな」

　こっそりと私の耳元で玲司さんは言う。私は遥に髪の毛を掴まれつつ苦笑を返した。

「なにそれ。男の人ってよくわからないなあ。女子側としては、弱いところも見せてもらったほうが嬉しい」

「そこは男の意地だよ」

　相変わらず爽やかに玲司さんは笑い、そんな玲司さんに同級生の女の子──咲奈《えな》ちゃんは頬を赤くしてはにかんだ。

「おじ様も本日はありがとうございます。明日のライド、楽しみにして……あっ、もちろんおば様も」

　私はこっそりと頬を緩めた。咲奈ちゃんはどうやら玲司さんにちょっと憧れがあるらしい。わかるー、と勝手に共感していた。かっこいいもの、玲司さん。

　瑛司はやや不服そうにしつつ、咲奈ちゃんが玲司さんと話しだして手持無沙汰なのか遥の髪を撫でたり頬をつついたりしている。遥は瑛司に構われるのにすっかり慣れていて、にこにことしている。

五月の風が吹き抜けていく。つられて空を仰いだ。雲ひとつない晴天——その青にふと、十年前のことを思い出す。玲司さんに抱きかかえられて上がったスロベニアの教会の階段、見上げた爽やかな青、美しい湖畔の色——あのときは、こんな未来が待っているだなんて思ってもいなかった。

愛し愛される今が、愛おしい子どもたちがいる今が、きらきらと輝いている。

「本城さん！」

少し離れたところから、人垣をかきわけるようにしてサイクリングジャージ姿の男性が現れる。咲奈ちゃんのお父様だ。

「本日はお忙しい中ご参加いただきありがとうございます！　瑛司くんもすごいな、完走おめでとう！」

「ありがとうございます、おじさん」

「こちらこそ瑛司がいつもよくしていただいて」

お礼を言った瑛司に続き、玲司さんが微笑み挨拶を返す。私も会釈して微笑んだ。

「いやあしかし、本当に仲がいいですね、羨ましい」

咲奈ちゃんのお父様が、私たちを眺めて目を細めた。

「瑛司と遥ですか?」

首を傾げる私に、咲奈ちゃんのお父様は快活に言う。

「ご夫婦仲ですよ」

「えっ」

玲司さんと顔を見合わせた。結婚十年目、さすがに人前でいちゃついたりなんかはしてない……と思うのだけれど。

「瑛司くんの応援のとき、手を繋いでいたでしょう?」

「あ、あれは人ごみがすごくて、その、はぐれないように」

頬に熱が集まる。照れる私を傍目に、玲司さんは飄々と「そうなんです」と笑う。

「なにしろ妻に惚れ込んでいるので、隙あらばといった感じですね」

「おお、からかうつもりが惚気《のろけ》られてしまいましたね。実は今回のロングライドも、瑛司くんからご夫婦でよくサイクリングに行くと聞いてお誘いしたんです」

私は苦笑する。

瑛司は両親をダシに、自分もレースに参加してかっこいいところをお嬢さんに見せたかっただけなんです。ちらっと瑛司を見る。得意げだし、自分でも満足いく結果だったのだと思う。よかったねえ、と内心ほっこりした。

「では明日のロングライド、楽しみにしています」

そう言って咲奈ちゃんとお父様は手を振り、歩き去っていく。忙しいのだろう。

「咲奈ちゃん、しっかりしてるねえ」

「会社継ぎたいって言ってた。今から勉強してんだって」

「え」

私はハッとして咲奈ちゃんの背中を見る。お父様としっかり手を繋いで人ごみを歩いていく女の子の、小さな背中。

「瑛司は？」

玲司さんが瑛司を見下ろしている。威圧感なんてまったくない、とても自然な視線を向けて。瑛司は「ええ？」と眉を下げて、それからとても快活に笑った。

「決めてない！　あ、でも咲奈がシャチョーすんなら、それ手伝うってのはありかも。お母さんがお父さんの秘書してるみたいに」

「……ん、それでいい。好きな道を行け」

玲司さんは私に遥を預け、ひょいと瑛司を抱っこする。

「わ、お、お父さん。僕もう小学生……っ」

「たまにはいいだろ？　疲れているだろうし」

そう言って玲司さんはジタバタ暴れる瑛司に頰ずりをした。

「もう少しだけ、あとちょっとだけ、俺たちの小さな息子でいてくれよ、瑛司」

「意味わかんねえっ、咲奈に見られる、見られるからっ」

男の子は大きくなるとあっという間にどこかへ行ってしまうものらしい。私たちの庇護を必要とするのも、あと少しだけなのだろう。

でも、それまでは。

「ねえそれ、お母さんと遥も交ぜてよ〜」

「やだ、やだってばもう恥ずかしいって」

そうは言いつつ、まんざらでもなさそうな瑛司に、私も遥ごと抱きついた。

ここ一年は遥が生まれて十分に甘えられないところもあったのかもな、なんてことも思う。

この子たちの中には、無限の未来がある。この子たちはなんにだってなれる。宇宙飛行士にだって、電車の運転手さんにだって、野球選手にだって、ＣＥＯにだって社長秘書にだって。

でも同時に何者にもならない権利だって持っている。どうか思う通りに、納得いくよう生きてほしい。

それが、私たち夫婦の願いだった。

いろんなものを捨てて歩いてきた玲司さんの思いだった。

「寝た？」

「すごかった、布団に横になった瞬間に爆睡だ」

「瑛司、疲れてたもんねえ……」

私は宿泊している旅館の本間で、寝室から出てきた玲司さんに向けて微笑む。瑛司も遥も、今日は本当にすんなりと寝てくれた。

「明日は遥、兄貴とふたりで大喜びだろうな」

「誠司さん大好きだもんね」

明日は誠司さんと遥はこの旅館でライドが終わるのを待ってくれることになっていた。子連れに特化したお宿で、おもちゃや遊び場には不自由しない。

瑛司は咲奈ちゃんと一緒に、彼女のお母さんと給水所まで車で先回りして応援してくれるらしかった。

「かっこ悪いところ、見せられないなあ」

せめて完走しよう、と言う私に玲司さんは頬を緩める。

「そう気張るな。のんびり行こう」

「……そうだね」

ふふ、と肩を揺らす。

最初は全速力で走るために始めた自転車。でも年齢を重ねるにつれ、少しずつ考え方が変わっていった。

のんびりでもいいって。そのほうが、楽しい時間は長く続くし、周りの景色だってよく見える。マイペースで行こう。

そんなことだって、玲司さんが教えてくれた。

「……どうした？」

考え込んだ私に、玲司さんが尋ねる。私はふふ、と笑った。

「玲司さん大好きだなあって思ってたの」

私の横に座った玲司さんが、そっと頬を撫でてくれる。お互い十年を重ねた。子どもだってふたり産んだ。喧嘩だっていっぱいした。けれど、玲司さんの態度が変わることは、一瞬だってなかった。

慈雨みたいに降り注がれる愛情と、『かわいい』って言葉。

「なんだそれ。かわいいことを言ってくれるな、俺のお姫様は」

「……それ、外では言わないでね。お姫様って、恥ずかしいから」

「どうして」

本気できょとんとする玲司さんの頬を軽くつねると、彼は本当に幸せそうに破顔した。私の手を取り、ちゅっと口づける彼の笑いじわは、十年前より深くなっていて、もう近づかなくても見えてしまう。渋さが増し増しでかっこいいよう、と毎回身悶えてしまうのは置いておいて――ちろり、と手首まで舐められて慌てて首を振る。

「れ、玲司さんっ。しちゃったら、明日走れない」

む、と彼は微かに眉を寄せ、しぶしぶといった風情で私を膝に乗せた。

「なら明日」

そう言って私の耳殻をかりっと噛む彼は、きっと百キロ走ったあとでも元気なんだろう。

「私が無理」

「……元気になったら教えてくれ」

ぎゅうっと私を抱きしめた彼と、しばらく雑談を交わす。そのうちふと声のトーンを変えて彼は「さっき」と呟いた。

「さっき、瑛司に将来の夢を聞いただろう？」

「うん」

「俺は……俺が後継になって苦しかった経験もあって、子どもたちには好きな人生を生きてほしいと思っているんだ」

私は真剣に頷く。短縮させられた十年。やりたいことを好きなだけやれるはずだった若さ溢れる時間を、彼は全て会社のために費やした。

「ただ、俺自身はそのことを後悔してない。……むしろ、この道を選んでよかったと思っている」

玲司さんは私の顔を覗き込む。

「君に会えたから、心春」

「……玲司さん」

「君に会えたことで、君と夫婦になれたことで、俺は十分に報われた」

ありがとう、と彼は出会った頃より深みを増した声で言う。

私は身体を反転させ、彼に抱きついた。

「大好き」

きっと彼が一番欲しい言葉を、精一杯の愛情をこめて口にする。

「これからもずっと一緒に、のんびりいきましょう」

「ああ。……愛してる」

ゆっくりと唇が重なる。深くなっていくキスに、もう『明日走れなくなる』なんて理性は霧散してしまって——。

翌日、ほんの少し気怠い身体をなんとか叱咤して百キロをどう走り切ったかは、また別のお話。

END

あとがき

お世話になっております。にしのムラサキです。

このたびは本作を手に取っていただき、ありがとうございました。今回はCEOヒーローと秘書ヒロインちゃんでした。実力に容姿を兼ね備えた若きCEOが、裏ではいかに苦悩しているか、ヒロインがいることでいかに救われたかを描けていたらいいなと思います。今回のヒロインはあまり書かないタイプのヒロインでして、とても楽しかったです。ヒーローを一途に推していくヒロインでした。

少しでも楽しんでいただけていたら幸いです。


また、琴ふづき先生にはとっても素晴らしいイラストにしていただきました！　ヒーローの鉄仮面イケメンさとヒロインのかわいらしさを想像以上に素敵に描いていただきとても嬉しいです。

今回も編集様がたには非常にご迷惑をおかけいたしました……！　毎回温かく支えていただきありがとうございます……！

そのほか本作に関わってくださった皆様に改めてお礼申し上げます。なにより読んでくださる読者様には感謝しかありません。
本当にありがとうございました。

にしのムラサキ

にしのムラサキ先生への
ファンレターのあて先

〒104-0031
東京都中央区京橋1-3-1
八重洲口大栄ビル7F
スターツ出版株式会社　書籍編集部　気付

にしのムラサキ先生

本書へのご意見をお聞かせください

お買い上げいただき、ありがとうございます。
今後の編集の参考にさせていただきますので、
アンケートにお答えいただければ幸いです。

下記URLまたは二次元コードから
アンケートページへお入りください。
https://www.ozmall.co.jp/enquete/IndexTalkappi.aspx?id=2301

鉄仮面CEOの溺愛は待ったなし！

～"妻業"始めたはずが、旦那様が甘やかし過剰です～

2024年6月10日　初版第1刷発行

著　者　にしのムラサキ

発行人　菊地修一

デザイン　hive & co.,ltd.

校　正　株式会社文字工房燦光

発行所　スターツ出版株式会社
〒104-0031
東京都中央区京橋1-3-1　八重洲口大栄ビル7F
TEL　03-6202-0386（出版マーケティンググループ）
TEL　050-5538-5679（書店様向けご注文専用ダイヤル）
URL　https://starts-pub.jp/

印刷所　大日本印刷株式会社

Printed in Japan

乱丁・落丁などの不良品はお取替えいたします。
上記出版マーケティンググループまでお問い合わせください。
定価はカバーに記載されています。

ISBN 978-4-8137-1592-4　C0193

ベリーズ文庫　2024年6月発売

『御曹司と再会したら、愛され双子ママになりまして～身を引いたのに一途に迫られています～【極甘婚シリーズ】』皐月《さつき》なおみ・著

双子のシングルマザー・有紗は仕事と育児に奔走中。あるとき職場が大企業に買収される。しかしそこの副社長・龍之介は2年前に別れを告げた双子の父親で…。「君への想いは消えなかった」――ある理由から身を引いたはずが再会した途端、龍之介の溺愛は止まらない！　溢れんばかりの一途愛に双子ごと包まれ…！

ISBN 978-4-8137-1591-7／定価781円（本体710円＋税10%）

『鉄仮面CEOの溺愛は待ったなし！～"妻業"始めたはずが、旦那様が甘やかし過剰です～』にしのムラサキ・著

世界的企業で社長秘書を務める心春は、社長である玲司を心から尊敬している。そんなある日なぜか彼から突然求婚される！　形だけの夫婦でプライベートも任せてもらえたのだ！と思っていたけれど、ひたすら甘やかされる新婚生活が始まって!?　「愛おしくて苦しくなる」冷徹社長の溺愛にタジタジです…！

ISBN 978-4-8137-1592-4／定価792円（本体720円＋税10%）

『望まれない花嫁に愛満ちる初恋婚～財閥御曹司は想い続けた令嬢をもう離さない～』吉澤《よしざわ》紗矢《さや》・著

幼い頃に母親を亡くした美紅。母の実家に引き取られたが歓迎されず、肩身の狭い思いをして暮らしてきた。借りた学費を返すため使用人として働かされていたある日、旧財閥一族である京極家の後継者・史輝の花嫁に指名され…!?　実は史輝は美紅の初恋の相手。周囲の反対に遭いながらも良き妻であろうと奮闘する美紅を、史輝は深い愛で包み守ってくれて…。

ISBN 978-4-8137-1593-1／定価781円（本体710円＋税10%）

『100日婚約なのに、俺様パイロットに容赦なく激愛されています』藍里《あいさと》まめ・著

航空整備士の和葉は仕事帰り、容姿端麗でミステリアスな男性・慧に出会う。後日、彼が自社の新パイロットと発覚！エリートで俺様な彼に和葉は心乱されていく。そんな中、とある事情から彼の期間限定の婚約者になることに!?　次第に熱を帯びていく彼の瞳に捕らえられ、和葉は胸の高鳴りを抑えられず…！

ISBN 978-4-8137-1594-8／定価803円（本体730円＋税10%）

『愛を秘めた外交官とのお見合い婚は甘くて熱くて焦れったい』Yabe・著

小料理屋で働く小春は常連客の息子で外交官の千隼に恋をしていた。ひょんなことから彼との縁談が持ち上がり二人は結婚。しかし彼は「妻」の存在を必要としていただけと聞く…。複雑な気持ちのままベルギーでの新婚生活が始まると、なぜか千隼がどんどん甘くなって!?　その溺愛に小春はもう息もつけず…！

ISBN 978-4-8137-1595-5／定価770円（本体700円＋税10%）